徽州古村落文化丛书

商儒互济的家园

——昌 溪

吴兆民 著

合肥工业大学出版社

图书在版编目（CIP）数据

商儒互济的家园——昌溪/吴兆民著. —合肥：合肥工业大学出版社，2005.9
（徽州古村落文化丛书）
ISBN 978-7-81093-320-9

Ⅰ.儒... Ⅱ.吴... Ⅲ.乡村—文化史—歙县 Ⅳ.K295.45

中国版本图书馆 CIP 数据核字（2005）第 113316 号

商儒互济的家园——昌溪

吴兆民 著

出 版	合肥工业大学出版社		版 次	2005 年 9 月第 1 版
地 址	合肥市屯溪路 193 号 邮 编 230009		印 次	2007 年 7 月第 2 次印刷
电 话	总编室：0551-2903038 发行部：2903198		开 本	787×960 1/16
网 址	www.hfutpress.com.cn		印 张	9.5
E-mail	press@hfutpress.com.cn		字 数	122 千字
版面设计	北京传世文化发展中心		发 行	全国新华书店
营销推广	普尔汉德（北京）国际文化交流有限公司		印 刷	北京市白帆印务有限公司

ISBN 978-7-81093-320-9 定价：22.00 元
如果有影响阅读的印装质量问题,请与出版社发行部联系调换

人类历史的发展充满着辩证法。一方面，总是有新事物的出现冲击着既定的社会结构和文化传统，推动历史的进步；同时，这种推进的过程又并非回荡着温情脉脉的旋律，常常伴随的是生命的杀戮、善良的破碎和美好的毁灭；但是，以善和美的牺牲为代价换来的又是更高层次上真善美的统一。纵观中国几千年封建社会的历史，总的来说，它以其超稳定的结构形态缓慢前行，但在某些阶段、某些方面，它又经受着或剧烈的争夺、或反复的跌宕、或死水微澜般的波动。造成中国封建社会局部的、阶段性的、有限的变动，其外在和内在因素不外乎三个方面：一是民族的争斗；二是统治者自身的分裂；三是来自底层百姓的反抗。这三大因素的冲击时大时小、时急时缓、连绵不已。诚然，那些充满着血与火的呐喊呼号，最终湮灭在冰寂的历史长河中，即使是改朝换代带来的刹那社会外在结构的巨大错动，迅速地也因汉民族传统文化强大的内敛力同化而回归正轨，没能带来中国历史的焕然一新；但是，细观那一次次社会结构的风云激荡，其对社会某一阶层、或对个体命运的强力扭曲和扼杀，对一个个活生生的人心灵世界的震撼，以及由震撼而激发的心灵蜕变，充实和丰富着历史的内涵；并且，由这种心灵蜕变而爆发出的对生命更新的追求和创造，无疑又为外在历史的发展增添了多姿多彩。

发生在中国两晋之间的"永嘉之乱"，唐代的"安史之乱"、黄巢大起义和两宋之间的"靖康之乱"等，在撼动历史秩序的同时，给世代生活在中原地区的衣冠巨族们以一次次沉重打击，数百年间，成千上万的中原士族为避战火辗转南下。当时这些门阀制度下的权贵们的窘境是可想而知的，他们不得不抛弃功名富贵、深宅大院而胡乱卷起一些细软、谱牒、书籍仓皇逃离世居乐土，顺着寒冷呼啸的西北风向南，向南，渡过黄河，越过长江，再行几百里，方找到一处高山屏蔽、林木掩映、远离战火的山清水秀之地可以歇脚喘息——这就是徽州。源源不断的中原士族犹如万斛珍珠散落在这苍翠浓郁的崇山峻岭之中。

徽州本是山越荆莽之地，自然灵气十足而文化气息微弱。中原士族们在清风拂面、碧水濯足后，必须面对现实重新考虑构建自己的生存和精神的家园。痛苦反省无疑是他们思考的主调：为什么会失去列祖列宗的乐土？如何才能恢复逝去的光荣与梦想？士族们大多出身权贵、养尊处优、满腹经纶，由钟鸣鼎食坠至狼奔豕突，背井离乡，有大痛苦，更有大感悟。他们很快适应了现实，找到了对策：一是聚族而居，构建村落。生存是第一要务，必须让血缘宗亲合族而居，选择"枕山、环水、面屏"的天人合一理想风水宝地构建村落，既解决衣食之虞，又抵御客地的凶险，同时能福荫子孙。于是，胡姓建村于龙川、西递，汪姓择址于宏村，吴姓卜居于昌溪，罗姓定居于呈坎，曹姓立足于雄村，石姓落户于石家，倪氏扎根于渚口，江姓聚族于江村……他们所选择的皆为灵山秀水环抱，既适耕稼又合居住之地。二是重建宗法文化传统。再大的苦难也动摇不了这些饱读诗书的士族们对孔孟儒学的尊崇，必须让等级有序的宗法伦理文化传统一脉相承并发扬光大，"惟孝惟忠聪听祖考彝训，克勤克俭先知稼穑艰难"，"处世无欺，爱人以德，守分安贫，即是敬宗尊祖；持躬有则，任事惟成，明伦重道，便为孝子贤孙"。尊祖叙谱，敬宗建祠、修墓，睦族互助赈济。这样，在每个村有高大威严的祠堂，祠堂中有先祖容像和祖宗牌位，并珍藏有完整的族谱；有周全的祭祀礼仪；还有严苛详尽的族规等来约束子孙，凝聚人心。三是强化崇文重教、光宗耀祖的道德激励。生存是基本，制度是保障，发展是目的。所谓"修身齐家治国平天下"，每个儿孙不仅自己要出人头地，还要为家族挣得荣耀，获得皇朝的恩荣；而要达此目的，"若不读书，便不知如何而能修身，如何而能齐家治国"，"读书志在圣贤"，"男儿欲遂平生志，六经勤向窗前读"，"贫者因书富，富者因书贵。愚者得书贤，贤者得书利"，时刻牢记"朝为田舍郎，暮登天子堂"。各个村落或建宏伟的书院，或利用简陋的塾室，延请饱学之士谆谆施教。宗族则"或附之家塾，或助以膏火。培植得一二个好人，作将来楷模，此虽族室之望，而实祖宗之光，其关系匪小"。就这样，一年又一年，一代又一代，在徽州这块"辟陋一隅，险阻四塞"的土地上，不时可见"聚族成村到处同，尊卑有序见淳风"的村落，并且"文风鼎盛"，"十户之村，不废诵读"。那平和的炊烟、虔敬的香火和那琅琅的书声伴随着霭霭云雾在碧蓝的徽州上空一齐飘荡、升腾。

正是秉承着曾经历巨大人生落差、饱受痛楚的先人们生命深层激发出的坚韧顽强的变革自身的进取精神，再经过数百年相对宁静环境下不断地濡染、积淀、强化而升华，徽州儿孙们的辉煌犹如徽州漫山遍野的山花，年年季季灿烂开放——

一是"以才入仕"者多。自宋代科举成功至明清两代以至民国以后，徽州儒生通过公平竞争跻身上流社会者数不胜数，所谓"一科同郡两元"、"兄弟九进士、四尚书"、"一榜十九进士"、"连科三殿撰，十里四翰林"、"父子尚书"、"四世一品"等等；徽州共走出过28位状元，出过17位宰相，这些都占全国总数的二十四分之一，真可谓"名臣辈出"。二是"以文垂世"者众。像朱熹、戴震、胡适三位可称得上是中国学术思想史上的巨擘；在政治、哲学、经济、文学、艺术、医学、科技、饮食、书画、雕刻、建筑、园林等领域名人灿若繁星。三是经商成功者无数。从徽州大山中走出，顺着新安江等水流走向全国乃至日本、东南亚的无数徽州子孙，在盐、木、茶、丝、药材、典当等项目的经营贸易中明清时期独领风骚数百年，从"扬州为徽州殖民地"、"无徽不成镇"、"钻天洞庭遍地徽"等说法，可见徽商实力之一斑。

一个个硕儒、高官、巨商走出了徽州，走出了家乡父老的视野，但他们的根还在故乡，还扎在曾经哺育他们的村落中，家乡的水口、白墙黛瓦、街巷、古树、祠堂、天井、鸟语蝉鸣、儿时的伙伴，更有全体宗族的期盼的脸容仍历历在目。于是，他们把获得的恩宠和荣耀献给家乡，把金银财富捐输给家乡，把自己对同宗后辈的嘱托希冀题赠给家乡。这样，陈旧破落的一个个村落渐渐焕发出无限生机：一座座世科坊、"四世一品"坊、"进士"坊、"中书"坊、"贞节坊"和"恩荣"牌楼等高高竖立村前；宏村浩繁的"牛形村"建筑体系，石家村宏伟的"棋盘"格局，呈坎村精妙的"八卦"形三街二圳九十九巷等等都得到了彻底整治；渚口建起了气势恢宏的"一府六县"；敬爱堂、溥公祠、知本堂、东舒祠等等拔地而起，并被扩建、装饰得美轮美奂；桂枝书院、紫阳书院、竹山书院等气象万千；非园、果园、西园、东园、桃李园等游人如织，引得名人雅士似莺飞蝶舞般徜徉唱和；还有精美绝伦、寓意深刻的石雕、砖雕、木雕，以及语重心长的题额、楹联、格言，更是营造出浓郁的文化氛围，让后学者在"问渠书屋"、"凤游山书屋"等潜心求索，能"抬头见扇（善）"、"步蟾"折桂，乘"祥云"升腾……

于是，承载着厚重历史期盼的一座座村落，因为她的子孙在现实中飞黄腾达，犹如画龙点睛般活灵活现；在漫长的期待中，祖辈们以他们的"尊崇天理"、"积善积德"、"惟勤惟俭"，精心地铸造着村落的灵魂，如今儿孙们不负厚望，不仅没让村魂丢失，而且又以自己的反哺，让村魂添具了时代的风采而更加鲜活跃动！

说村落是徽州社会的缩影，说村落是徽州人魂魄所系，说村落是徽州文化的博物馆，等等，丝毫也不为过；最本质的，在千年的峥嵘岁月中，村落是古徽州文明得以凝聚并灿烂演示的平台，同时在某种程度上也是中国封建社会精英文化得以演示的平台。

俱往矣。过去的村落今天只能称为"古村落"了，导演们都已作古，一幕幕鲜活的剧目变为"遗产"，一座座平台的原貌已经和正消失在人们的视野。

很是高兴，《徽州古村落文化丛书》的作者们为我们提供了 10 本图文并茂的书稿，能够让我们进入沉睡的村落，在残存的遗物中触摸徽州祖先的脉动，梳理徽州文化的脉络；并且令人惊喜的是，探索者绝大多数也都沐浴着徽州文化成长，他们在情感上与徽州有一种天然的契合，而同时眼光又是现代的。现代思维令他们既能入乎其内，又能出乎其外；而较厚的素养又使得每本书的叙述深入浅出，活泼生动。

10 本书，选择 10 个村落，10 个村落选择徽州文化的 10 个侧面：写江村浓墨于宗族文化演绎，写龙川重彩于名门望族溯源，写宏村潜心于聚族而居的风水选择，写西递沉浸于徽商的精神世界追求，写呈坎凝神于解剖乡村社区结构，写昌溪着力于发掘商和儒两种文化的互补，写雄村侧重于书院园林文化，写西溪南徜徉于文学艺术尤其是书、画、刻帖艺术的流变，写渚口深入于聚落人文的发掘，写石家落笔于村落构建艺术的匠心。稍感不足的是，每一本书是较充分的，但我认为还有徽州文化的其他更多侧面大有文章可做，希望我们能继续深化、拓展，以充分展示徽州文化形成、发展和蜕变的全貌。

是为序。

汪良发
2005 仲秋

目　录

昌溪全景——蝶形村

一、山环水绕蝶形村

辉煌灿烂的古徽州有一个县叫歙县，它建县于秦代。这里历史悠久，人文荟萃，是中国历史文化名城之一。在歙县南乡有一个古村叫昌溪，它建村于唐代。这里山川秀丽，文风拂郁，名人辈出，风俗淳朴，被世人称为"古歙南乡第一村"。这一古村落地理条件优越，它距中国历史文化名城——歙县县城30公里，离著名的山水画廊——新安江7公里，可谓神奇灿烂之乡，钟灵毓秀之地。

将进昌溪村时，一株古树、一轮水碓和一条河川首先映入眼帘，古村一下子就给人一种非同寻常的感觉。

据说这一古村落的形态有些特别，它像一只巨大的蝴蝶匍匐在奇异的山水之间，因而叫蝶形村。这恰与世界文化遗产皖南古村落牛形村——宏村，形成对应和比较，这史激起人们对这一古村落的好奇之心。只可惜，要站到山坡高处才能领略此番景象，有急切登高望蝶之心的人还得忍耐一番。

昌溪村原名沧溪。根据文物考古发现，这里早在汉代就有了人类活动，距今已有2000年的历史。唐代时，有姚、叶、朱、方、王五大姓在这里生息。南宋淳熙年间，吴姓迁入后改称沧溪为昌溪，吴姓便成了这里的主姓。整个村落建在依山傍水的小盆地中，气候湿润，水源充足，适宜农作物生长和人口繁衍发展。昌溪河历史上曾通航，清代中叶曾开有一条官道，这都给昌溪后来的发展提供了便利。村庄被蜿蜒连绵的群山环抱，树高林密，在军事上利于屯兵。正因如此，历史上朱元璋、太平天国军队曾到此屯兵休整；20 世纪 30 年代这里曾是新四军皖浙支队的重要驻地之一。

昌溪古村落沿昌源河西岸呈南北方向条状分布，由三个自然村组成。位于北部福金山南侧的是沧山源，又称燕窝山庄，是经学大师吴承仕的出生地。位于村落核心区的是昌溪，它被划分为红旗、红心两个行政村，这里主要是吴氏家族聚居之地。南端是昌溪下村周邦头，以周姓为主。

坐北朝南，村前以 70 多米宽清澈见底的昌溪河为屏，后以层峦叠翠的来龙山为障。自明代始，这里就构筑了西自西静庵、东至"务本堂"的长达 3 公里的古建筑群体，包括水口、石拱桥、亭阁、书院、学堂、古庙、宗祠和民宅等，并形成了前街后路的南北大道。村中纵横交错着 200 多条巷弄。初到此地的人，深入其中会让人分不清东西南北。还有大塘坑、小塘坑两股溪水穿街过巷，在庙坦汇合，形成优美的"Ｓ"形，注入昌溪河。村中有池塘 20 多口，古井更多；民宅鳞次栉比，纵横相接，扑朔迷离，宛如迷宫。村前小河流水潺潺，村中池塘波光粼粼，加上村中水口和庭院中的井水，既有利于蓄水、泄洪和消防，还改善了小气候，美化了村落环境，使人们年年岁岁生活在舒适宜人的环境之中。整个村落布局既古色古香，又雄伟壮观。

到南宋时，昌溪人子孙繁衍，人口剧增，因受耕地限制，于是寻求向外发展。宋代起就有居民外出经商和攻读学问，参加科举考试，逐步形成官、商、学一体的格局。这里有一门两进士、五举人、二十二秀才和贡举会考一等第一名的传奇，有明、清时期闻名遐迩的徽商代表——"吴茶"、"周漆"。昌溪徽商在外经商获得发展后，便返回家乡兴建宅第、寺庙、楼台亭阁，兴修水利，治理环境，开办书院等，到清末时已建成东西向 4 华里长廊，民居近 800 幢，祠 20 余个，寺庙 7 个，庵 5 个的建筑格局。就是现在，昌溪仍存有宋、元、明、清古建筑 201 幢，如"忠烈

昌溪河

庙"、"太湖祠"、"周氏宗祠"、"吴承仕故居"等都是古建筑佳作,"员公支祠"木牌坊更是江南独有。

进村不远处有一株几百年树龄的古楮树,很是奇特。这古楮树奇就奇在它的朽心中又生长出一株枝叶茂盛的新樟树。看那形态,楮树对樟树关爱备至,紧紧拥抱,难分难舍,活像一对相恋的情人。楮树与樟树树冠各占一半,高约 10 米,而树围则有 3 米左右。面对古树,不能不激起你的猜想,究竟是什么原因致使两树同根连枝,相依相偎,从而形成如此奇景:是飞鸟嘴中无意跌落了一颗樟树籽在楮树怀里,还是小松鼠有意衔来樟树籽植入楮树心中?这不能不说是一个富含情趣而又不无科学道理的谜。此情此景让你有一种急于给它命名的冲动,可没想到,它早被乡人美之名曰:"楮怀樟"。这一名称不得不让你折服!

西岸附近素有"枫林夜读"的古老景致,现已由以樟树居多的新型昌溪学校所代替。其中有名的"牛顶樟"、"孪生姊妹樟"和"一柱四友樟",为今日的昌溪学校增添了独特景色。那种枝繁叶茂、生机勃勃的景象,不

古民居

正是昌溪教育事业欣欣向荣和蒸蒸日上的美好象征？

在村中还有在别地难得一见的村中水口。一般村落水口多在村头或村尾，而这一村落水口却在村中央。有专家见此情景不无激动地说："村中水口，全省少有。"其实这一水口原来也属于村头水口，是后来村落发展变化使然。此话怎讲？现处昌溪中心的庙坦上的古庙——"社稷坛龙关庙"，为元朝至正十四年所建，那时这里即为村头水口。后人丁繁衍，民居向外扩展，使得该庙成了村中古庙，这一水口也就成了村中水口。

说到这"社稷坛龙关庙"，据家谱记载："至顺年间，伯父麒翁、父麟翁……又于龙关桥畔，舍地捐资，造成庙宇，曰社稷坛龙关庙。"可知它建于1341年前后，明、清时都修缮过，并更名为"忠烈庙"。庙的正殿中央供奉了威震六州的汪华和他的第八子（俗称八老爷）——汪俊两尊菩萨。

汪华（586—649），隋末唐初地方自治首领，唐代大臣。字国辅，又字英发。绩溪县汪村（隋唐时属歙县）人。汪华幼年时父母双亡，寄养在歙县舅父家中，并应募成为护郡兵丁。由于智勇过人，汪华渐渐在郡兵中显露头角，成为郡兵的精神领袖，深受将士拥护。隋末天下大乱，群雄并起。汪华审时度势后策划了一场兵变，推翻了歙州旧政，占领了全州。初战胜利后，汪华高举义旗，连克宣、杭、睦、婺、饶五州，大得民心。于是，他拥六州之地，自称吴王，并颁布一系列使百姓休养生息的政策，使皖、浙、赣三省交界的六州百姓得以在乱世安居乐业。公元 621 年，汪华有感于唐朝的强盛和德政，上表请求归附，被任命为歙州刺史，总管六州诸军事，并封为上柱国越国公。公元 624 年，汪华奉诏进京，任忠武将军等职。唐太宗征辽时，一度委任汪华为九富留守。据说，朝廷对他拥有九个儿子心存忧虑，怕他日后作乱。汪华体察出朝廷的此种担心，为了表示自己对朝廷的忠心赤胆，便杀了自己的八个儿子，只留下第八子，俗称"八老爷"。于此足见他对朝廷的一腔忠烈之心。汪华于公元 649 年病逝于长安。3 年后，灵枢运回家乡，葬于歙县云岚山。

云岚山又叫东山营，处于歙县徽州府城和县城的外围，为历代屯兵之地。墓葬背靠云岚山，与其遥遥相对的是县城乌聊山，近下是富资河。

树 景

忠烈庙

此一墓园由于历代的修缮和扩建，原有牌楼、石人、石马等建筑，加上历史上每年的祭祀活动，是徽州区域内的一道人人瞻仰的著名景观。目前则仅存遗址和残存构件。最近，有学人根据其地位和影响，提出了恢复汪王墓园的建议。但愿此建议能得到有关方面的积极响应。

汪华在天下大乱时保全了数州百姓生命，因而在徽州一带长久被人怀念，以至被称为汪公大帝，将其升为神与菩萨同列，以祈保佑。因此，徽州各地纪念"汪王"的活动很多，"汪王庙"在徽州也是时常能见到的景观。但昌溪的"汪王庙"又称"忠烈庙"，并且到今天还保存完好，则体现了昌溪人对汪华的忠烈之心的由衷敬仰。在此"忠烈庙"柱子上有楹联曰："英雄千古山河壮，忠烈一心天地长"、"功封社稷丕昭今古隆，德被生民永享春秋祭"、"铁马金戈开霸国于六郡，太湖昌水壮庙貌于千秋"。于此看出昌溪人对忠烈的特别看重和追求，天长日久也使忠烈之心逐渐成了昌溪人内在的固有品格。

何尝不是呢？昌溪人就演绎过一个惊心动魄的忠烈故事。这就是一之公九世孙、孟庸公长子吴仕昭。他于明洪武十八年（1385）钦试进士，除授承直郎刑部广东司主事，后升授承德郎。其在任秉公执法，治狱平允。当时为建国初期，用法严峻，士民冤屈而死的很多。洪武二十一年（1388）孟冬月，吴仕昭上书直谏，遭贬谪，被处极刑。由于当时同僚上疏挽救，才免去一死，但被充军。他不忍心家族受到充军牵累，即于当日又一次奏对，于是触怒皇上。卒于官，时年37岁。吴仕昭为国家、为家族如此轻生重义，难道这不是一种忠烈气概吗？带着对先辈的忠烈气概的由衷赞叹，再来看眼前的忠烈庙，它所具有的意义无疑已经扩大了。这忠烈庙中如再供上吴仕昭的话，就更显出它对昌溪人的特有纪念意义。

细看这忠烈庙，长不过17.2米，宽不过4.2米，规模并不大，但却给人一种庄严肃穆之感。单看此庙不算壮观，但如果把它与庙前、庙坦和庙后景象结合起来看却显得非常奇特和壮观。

"古保会"成立大会一角

庙前方的人工沙墩上，有两棵互相依偎而神态奇异的樟树，一株像龙，一株似凤，人称"千年龙凤樟"。它们树围粗大，直径3.3米，高38米，枝干粗壮，树叶茂密，树冠像一把张开的大伞，罩地近1000平方米。夏能遮阴避暑，冬能挡风御寒，成为防风防洪避寒避暑的天然屏障，也是供人游玩的好地方。有人见此情景，不无感慨地把它与黄山迎客松对举，说："黄山迎客松，昌溪龙凤樟"。老一辈人说，原先这沙墩东临昌溪河，下有深潭，一年四季均有人在此垂钓，故有"昌溪十景"之一的"沙墩垂钓"之美称。溪两旁石磅中各长有一株数百年古槐，相对而立，枝叶相缠，遥相呼应，被唤作鸳鸯槐；还有柿子树、紫檀树等稀有古树。这里是昌溪人乘凉、晨练、垂钓、消遣的理想场所。

庙后的土丘上，有一株千年银杏树。它立于原生地面3米高处，干围达8米，高42米。此树主干挺拔，周围枝叶分布均匀，紧紧靠拢，不旁逸斜出，素有"八老爷之马鞭"的美誉。在1982年冬天，因村中小孩玩火，这株千年银杏树不幸遭受了火烧10小时的抽心灭顶之灾。奇特的是在人力扑救的同时，老天竟然在顷刻间下起大雨，不一会大火终于被扑灭，村民们说这是八老爷显灵。再奇特的是在高大的树顶被火烧断坠下时，当时救火现场有数百人和树下即是民房庙宇，它竟未伤及一人一物。更为奇特的是千年银杏树，在饱受火患后却安然无恙，侧枝仍继续生长拔高，呈现出顽强的生命力。出于对这株千年银杏树的喜爱和敬意，不得不引人专门绕道庙后树下瞻仰。张眼探看树洞，叹奇的是，在20多年后的今天，还看到了大火后留下的厚厚灰烬！令人极想攀上树干瞭望村中景象，但生怕不敬，也只好放弃。走下坡地时，还令人身不由己地回头瞻望，觉得多望一眼就是多饱了一次眼福。

原来在这棵树旁边还有一株与之同龄的千年老樟树，其造型犹如一匹骏马，曾被前人誉为"八老爷之坐骑"。这一匹骏马、一根马鞭相勾连，加上前面庙中所供的英雄人物，真是栩栩如生，神奇无比，经常使路过

之人驻足观看，不忍离去。这是昌溪的一大景观。可惜造型犹如骏马的
千年老樟树，在上世纪的那个"大跃进"年代被无情地砍伐了，给昌溪人
留下了深深的遗憾。

还令人称奇的是，在庙坦正中占地约500平方米的坦面上，用不同色
彩的石英石、云母石和各色鹅卵石铺砌成的各种图案——"鹿鹤同春"、
"丹凤朝阳"、"连升三级"和"双钱"、"八卦"等，每一种图案都精美形象得
让人惊叹。有关专家赞叹说："这只在皇家公园能见到。"庙坦下是昌溪古
街，街侧一路是绕庙坦半周的石栏杆，栏杆下有源于村北山谷穿村而过
的小溪，溪旁有街心公园，小溪绕公园一周注入昌溪河。此溪俗称"八
老爷之玉带"。

处身此地，既可观街道集贸之热闹，又可看花木浓郁芳香中松鼠、
鸟雀嬉戏之乐，令人心旷神怡。可以想象，逢年过节，这里一定是人来
人往、热闹非凡。庙坦是昌溪的交通枢纽，沟通着昌溪所在地的自然村。
这古老的水口，现在成了"村中公园"。清晨在古树下漫步，傍晚在小溪
旁长谈，冬日在坦上晒太阳，夏日在石栏上纳凉，好一幅乡村娱乐休闲的
美丽图画！古村之中有此景象，令乍到此地的人也顿生羡慕和眷念之情。

面对庙坦景象，昌溪人有一种特别喜爱的情感。昌溪籍文学家吴羽
白在《昌溪六景诗》中就有《庙坦朝阳》一诗，表达了他对这一景象的
喜爱：

> 坛庙村中一广场，
>
> 石栏垂柳映池塘。
>
> 朝阳甫照飞檐角，
>
> 缕缕炊烟万户忙。

同是昌溪籍著名书法家吴进贤，在读了吴羽白的诗作后，当即创作
了《和羽白昌溪六景诗》，其中也对庙坦景象加以由衷赞美：

> 社庙门前晒谷场，

游鱼可数小池塘。

来来往往男和女，

难得偷闲农事忙。

从以上优美诗句的简单勾勒中，我们完全可以体味出这一景象所具有的美好意趣。

如果把庙前、庙坦和庙后这些景观当作一个整体来看，自然就具有了一种壮观之美，撼人心魄。这里的古树是很神奇的，具有种种特别的神韵。这里的景致不但画了龙，而且还点了睛，点睛之笔就是"忠烈庙"。而人们的许多习称也在自觉不自觉中点化着这双眼睛，那就是所谓的"八老爷之坐骑"、"八老爷之马鞭"、"八老爷之玉带"等，这是自然与人文的合唱所形成的杰作，内涵丰富，形式壮观，给人以特别的美丽之感。

环绕这古村的还有一道令人瞩目的景象，那就是古树。古树，是古村落的历史见证，是古村落的活化石，不能小看。据说这一村落周边的古树有 17 个树种，数量在六七十株以上。这是古村落一笔宝贵的财富，是昌溪古人重视林业的鲜活证明。在历经上个世纪 50 年代大片森林遭到砍伐后的今天，仍保留下有几百年乃至上千年的古银杏、古樟、古松、古罗汉松、古槠怀樟、古槐、古采楝等名贵树种，这是不幸中的万幸！这些绿色文物也为昌溪自然景观增添了几分秀丽，几分魅力。真想对这六七十株古树进行一一拜访，以直接感触这古村落的鲜活历史。但一时不能够，只好慕名专门到"福安堂"这一明末清初的古宅中，去探看池塘旁的一棵有数百年树龄的罗汉松。到得此处，远望去即被它的粗壮高大和苍翠葱茏所吸引，直引得快步跑去与之合影留念才感到心满意足。听说有一大城市的园林部门非常看好它，愿以高价买去美化城市；由于昌溪人的特别不愿意而最终使来人的愿望落空。试想，如果这株罗汉松被买去，离开了这里的水土偏又不能存活的话，则无异于剥夺了它的生命，那可是犯下了不可饶恕的罪行！眼前的罗汉松啊，你有幸在本土继续生存

古　树

和发展，你就尽你所能、放开心思好好生长吧，昌溪人是你永远的保护神!

沿着村落走了一大圈，终于来到了昌溪河边。

站在河岸边，这才真正体味到昌溪河的源远流长和清澈透底。据介绍，昌溪河发源于天目山脉西侧，由昌、华二源汇聚成流。昌源出自清凉峰至搁船尖一带山峰西麓，流经竹铺、三阳、梓里、苏村、唐里等乡镇，到石潭外与华源汇合，沿途接纳柏川、英坑、小溪、周川等支流。华源则出自绩溪县逍遥岩南麓，流经石柱坑入歙县境，再经水竹坑、西村、横溪、金山、庄川、上干、河政、霞坑、进丰等村到石潭外汇昌源为昌溪，途纳九条溪水，汇合后经昌溪到定潭，在深渡注入新安江。河道全长 70 公里，河面宽 12—75 米不等，昌溪地段最宽处达百米，坡降 4.19‰，流域面积 452.4 平方公里。昌溪河水有急有缓，曲折多姿，深潭浅滩错落相间，配以河畔青山翠竹，绿草如茵，吸引着诸多骚客游人前来驻足观赏。

在昌源中村和华源西村以上河段两侧，岩石多裸露，有大量沙砾、卵石、大石，水流湍急；中、西村以下，水流稍缓，河床堆积优质沙砾、卵石，奇形怪状。它不但可作建筑材料，而且色彩缤纷的卵石还为游人和藏石家搜集点缀盆景创造了条件。曾有藏石家在河滩上捡到奇石一块，其脉络酷似中国版图，令人赏心悦目，爱不释手。

从凌家巷至坝潭的河面上从前架有 5 座木桥，成为奇景。可现在只有羊坑木桥了；它长达 75 米，宽近 1 米，非常古朴别致。倘在桥上走走，自是别有一番风味，感觉特美。走到木桥上，体会那悠然闲趣，自是妙不可言。历史上昌溪河段水很深，可以通航，在上游有王家埠的遗址可以证明。

顺着蜿蜒的昌溪河水而上，可以找一高坡眺望昌溪古村的整体形象了。当你来到通往沧山源的山岭上，迎着夕阳的余晖，向古村遥望，整个古村落尽收眼底。抬眼望去，古村落依山傍水，坐北朝南，背依里西山，面朝昌源河，给人一种不凡的气势。只见村北有积毛岭、朱岗岭、福金山为屏，南有外西山、火焰山坐镇古村落水口，而处于山水之间的盆地间的整个古村，则恰似一只巨型蝴蝶展开羽翅，栖息在众山脚下和昌水之畔。面对此种突然间展开在自己眼前的奇异景象，令人顷刻间突生种种奇思幻想。莫非此番所见，就已经揭开裹藏在这古村身上的神秘面纱？莫非这古村乃由一只神蝶衍化不成？越想越让你觉得此中的神奇：原来昌溪是一只翩翩而飞的神蝶！不管怎么说，这个古村落是蕴藏着丰富奥秘的，有待于人们去一一揭开它的神秘书页，去探看个究竟，但这需要一些时日。短暂的探访，即让人领略了它的诸多神奇和美丽，倘若沉潜下来细加体味，岂不从此永远陶醉其中而不能有一时半刻的自拔?!

看了这些，想了这些，此时此刻只有恰切的诗句才能真正传达对于昌溪的感情，吴氏后裔吴观焰先生所写的诗句让人情不自禁地脱口吟诵而出：

> 昌溪河水长又清，
> 历史悠久出名人。
> 诸多古建具特色，
> 无愧歙南第一村。

古祠堂

二、太湖祖祠高又深

太湖祖祠是昌溪吴姓宗祠。之所以称"太湖",是因为这一祖祠所在之地原名"太湖丘"之故。

在徽州,吴姓与程、汪、黄、胡、王、李和方姓一起被称作"徽州八大姓"。由于它们迁居徽州的历史比较早,对徽州的经济社会发展做出了重要贡献,因而拥有重要地位。昌溪吴氏自然也属于"徽州八大姓"之一。而在歙县又有"南吴、北许、东叶、西汪"的说法,这是古代歙县最多的四大姓氏,也是全县人口最多的姓氏。昌溪可以说是整个歙县吴姓的发祥地之一。

要说徽州吴姓,就要从汉代的吴浅说起。

汉初长沙王吴芮第三子浅,封便顷侯,析居黟县,是徽州吴氏一世祖。后吴氏六十世吴义方因讲学新安歙州,因爱新安之胜,遂居于此。

夫人叶氏,生子三,曰:太微、少微、宝微。以少微时名最著。墓在今屯溪区篁墩。徽州吴姓一般以吴浅为远祖,以吴少微为近祖。

六十一世吴少微,字仲芳,号邃谷,谥文惠。歙县人,徙居休宁西石舌山。长安元年(701)辛丑举进士,御赐晋阳尉,京兆节度使,兼管江淮等州大都督侍中御史,同平章军国,赠晋国公。神龙年间(705—707),为左台监察御史。太和元年(827)三月初七日御赐像赞。与晋阳尉富嘉谟、太原主簿谷倚同以文辞著称,人称"北京(今山西太原)三杰"。三人曾官晋阳,晋阳为唐高祖李渊起兵之地,时称北京。吴少微为文与嘉谟均以经典为本,雅厚雄迈,号"吴富体"。其中吴少微所作《崇福寺钟铭》,富嘉谟所作《双龙泉》以及《千烛谷颂》,尤为世人推崇。二人文风高雅,雄迈厚重,对初唐崇尚徐庾体而带来的浮艳轻靡文风给以强烈冲击,开创了一代新文风。少微卧病洛阳时,闻说富嘉谟去世,乃作《哭富嘉谟》诗,后悲痛而逝。原有文集10卷,已散佚不传。所幸《全唐诗》存其诗6首,《全唐文》存其文6篇,尚可窥其面目于一二。生平事迹见《旧唐书》卷190、《新唐书》卷202。

吴少微夫人朱氏、王氏,曾诰封一品夫人,生子巩。吴巩,唐开元间(713—741)举进士,官中书舍人。墓在休宁县西门外凤凰山。建祠"老柏墩",以占柏而名。乾隆年间建新祠于休宁南门街。吴里人后以少微父子文行知名,故改休宁石舌山为凤凰山,莲池为凤凰池。

六十九世,丰溪始祖吴光,官宣议郎,唐懿宗咸通元年(860)庚辰自休宁迁居歙西之溪南,又曰"丰溪"。

七十七世,丰溪九世和昌溪始祖吴一之,又名益之,讳德芝,字元举,号若兰,吴旦公第六子。宋绍兴年间前往临安缴纳赋税,泊舟深渡,登上凤池山,看到昌源山水潆洄,于是寻至沧溪,遇到一个叫方兴的人,寻得太湖丘一块吉地,并卜得好兆,于是买下该地建坟。原配夫人程氏,继配夫人孙氏,同公合葬太湖丘畔,一名竹园埵。生子二,曰:愿学、愿玉。

据吴氏后裔吴示豪先生考证，吴姓迁入昌溪年应以一之公选定昌溪（昌源）年为始，即绍兴丙子（1156）。据《慎朴堂吴氏祭簿》（乙丑年立）记"于大宋绍兴丙子，因赋役临安，乘舟而往……趋之昌源。……询乡人……。公喜曰，吾今解粮往都交上，完毕回时……"又据《歙南太湖吴氏宗谱》记："公事既毕来获其地构一小庄，往来寓居。更字德兰，号若兰。"可见，自绍兴丙子年起，一之公即始居昌源。自淳熙庚子（1180）葬于此，他前后共计24年寓居于此，为以后愿玉公世居昌源奠定了基础。故应以此"绍兴丙子"年作昌溪吴氏迁入年。

七十八世，丰溪十世，昌溪二世吴愿玉（1160—1223），字君琢。性至孝，因庐墓以居，更沧溪名为昌溪。

昌溪吴氏就这样相继发展而来。

说到昌溪人对自己祖先的敬重，那是令人感动的。这里有个故事。

近年里一个叫王国键的与一行人到徽州采访，有一天来到了昌溪，在得知这里有一户吴姓人家收藏有宋代皇帝题字的画像，大家都想看看。

在村主任的带领下，他们一行来到了村旁一户小院。敲开门后，迎接他们的是一位40多岁的家庭主妇。当得知来意后，妇女面露难色地说，她丈夫在南京做茶叶生意，离家时留下话，这件东西不得轻易拿出来给外人看。经他们一遍又一遍地恳求，加上村主任也向其家中老人做工作，妇女终于松口说，她要打电话请示其丈夫。

后来她丈夫在电话中终于同意给他们看，但特地叮嘱不能拍照摄像。在获得承诺后，妇女带他们走进一间内室，用一杆木棒小心翼翼地从屋梁上吊下一包东西。打开一层又一层的包裹布，展现在面前的是一幅古老的祖容像，也就是古代悬挂在祠堂或家居中堂上的祖先画像。王国键一眼就认出，这是徽州吴姓近祖唐代人吴少微的画像。

看到这幅画像，他想到在《歙县左台吴氏大宗谱》的序言中读到过关于吴少微画像保存经过。后世吴氏家族均认吴少微为徽州吴姓近祖，将吴少微的相貌勒像供奉祭祀。画像世代相传，到了康熙初年，由一个叫吴钦仪的负责保管。吴钦仪把画像当作"隋珠卞玉，彝鼎重器"，小心呵护，精心保管。由于年代久远，画像免不了受到一些损坏。吴钦仪忧心忡忡，担心万一不小心，一个闪失，画像被毁，自己则成族中千古罪人。于是，他请人把画像临摹成几份，吴氏支派各获一轴精心收藏，以此希望吴氏子孙能将祖容像好好保存，一代代传承下去。吴钦仪的使命算是完成了。那么其后的300多年间，吴氏子孙又是如何传承祖宗遗像的呢？

据村中这位妇女介绍，她家这一支是吴氏宗族中的嫡子，族中人除农桑外，经常出去经商寻些钱贴补家用。就这样世代相守，一直相安无事。到了清代咸丰年间，太平军打进了歙县，乡间开始"跑反"。由于她太公公年轻力壮，族中把这幅祖容像交给他负责保管。太公公带着这幅画像逃到浙江，辗转于穷乡僻壤，最后饥寒交迫一病不起。临死前，他把这幅画绑在身上，把身上的所有银两交给当地一位老者，告诉了其家庭地址，托他在自己死后埋葬自己并想法告诉家人，让家人把自己的尸体掘出葬于家乡。乱后，老人找到了他家。当家人把太公公的尸体挖出后，这幅祖容像也被挖出，完璧归赵地回到了歙县家乡。到了"文革"时期，歙县破"四旧"如火如荼，家中的这幅画被造反派搜出，与其他东西一起堆放在大队部的楼上。她的公公趁深夜看守松懈，潜入楼上将这幅画偷回，连夜逃出歙县；一直到"文革"结束后才敢返回家乡。

这让王国键他们一行人很是感动，感叹整个徽州简直就是一个偌大的类似于敦煌的"藏经洞"。因此也使他们明白了徽州之所以能成为"文物之海"的根本原因。

从这个小插曲可以看出昌溪人对祖先是何等敬重和热爱！

昌溪祖祠——太湖祠的兴建，始于第九世孙仕昭子孙的日益昌盛后，于元中叶时筹资于祖坟太湖丘旁兴建，故称太湖祠。但建祠经历了曲折，

17

在将要竣工时即遭火烧，后经 6 次筹资兴建始成规模。

对太湖祠建祠起始时间问题，吴氏后裔吴示豪先生曾做过专门考证。他认为应以太湖祠初建日期为建祠的起始时间，即以应敏公鼎建宗祠始。据《歙南昌溪吴氏太湖宗谱》记载："应敏公……擢除县职，仁惠及人，鼎建宗祠。"这是见到的关于宗祠修建最早的记载。虽没有具体的修建年月，但可推断在 13 世纪 40 年代，即 1240—1250 年间。此说根据为：（一）应敏公生于宋宁宗嘉定庚辰（1220）；（二）"擢除县职"应在 20 岁以后，即 1240 年后；（三）"仁惠及人，鼎建宗祠"当在 25 岁以后；（四）富春、功茂公于"龙关之阳复构宗祠"。可见如设定在 25 岁时应敏公建宗祠，至 2005 年正是 760 年祭；若以 30 岁时建祠，至 2005 年为 755 年祭。

悬挂于太湖祠的由朱元璋亲书的"第一世家"额匾是昌溪吴姓的最大荣耀。传说朱元璋与仕昭公因君臣之分，颁了圣旨并御笔写了"第一世

砖 雕

家"额匾，显示出吴家宗族的自豪与荣耀。对此民间还有一说，那就是朱元璋在出兵徽州时曾来到昌溪休整，避雨太湖祠下，得到吴家真诚款待，有感于此，故题"第一世家"额匾以赠。这两种说法哪一种可信呢？这两种可能性都有，但还是将两方面结合起来看更能使人信服些。也就是朱元璋既有避雨太湖祠下，得到吴家真诚款待的经历，又有朱元璋与仕昭公的君臣之分，于是后来颁了圣旨并御笔写了"第一世家"额匾。当然在这里朱元璋与仕昭公的君臣之分是无所疑问的，这便使朱元璋是否来过徽州的问题成为至关重要的了。朱元璋到徽州，这在徽州民间有大量传说，但在正史上是否有记载呢？在《明史·朱升传》中就有记载：

　　太祖下徽州，以邓愈荐，召问时务，对曰："高筑墙，广积
粮，缓称王。"

　　太祖善之。

另在清代毕沅的《续资治通鉴》中也有记载，那就是在卷214所载的"吴国公出师至徽州"：

　　吴国公（即朱元璋）出师至徽州，召儒士唐仲实，问："汉高
帝、光武、唐太宗、宋太祖、元世祖，平一天下，其道何由？"对
曰："此数君者，皆以不嗜杀人，故能定天下于一。公英明神武，
驱除祸乱，未尝妄杀。然以今日观之，在虽得所归，而未遂生
息。"

　　吴国公曰："此言是也，我积少而费多，取给于民，甚非得
已，然皆为军需所用，未尝以一毫奉己。民之劳苦恒思所以休息
之。曷尝忘也。"

　　又闻前学士朱升名，召问之，对曰："高筑墙，广积粮，缓称
王。"吴国公悦，命参帷幄。

据上可知，朱元璋到过徽州就不是没有根据的了。至于他是否到过昌溪，这倒无需深究，起码说这种可能性是很大的。无论怎么说，朱

有眼的竖石传说为朱元璋的拴马石

元璋亲书"第一世家"额匾是真实的，这有额匾自身为证。

还是让我们来看看太湖祠吧。

主祠大门两边对称矗立光滑如玉的黑色大石鼓、柱础和大多石料均为"黟县青"加工而成，黑中发亮。祠前左上侧竖有拴马石，传说为当年朱元璋来昌溪时拴马所用。

祠前有可容七八千人的广场，铺有鹅卵石。正前面有一池塘——月池，与通庙坦的小溪相通，常年水满，栽有荷花，不仅显得风景优美，且是周边防火之有利举措。池东有两丈高的护祠墙，墙上壁画至今犹在。坦南有花戏台，逢年过节在此演戏，数千人聚在一起十分热闹。只可惜原精雕朱漆的花台已遭"文革"毁灭，月池也失其原貌。

太湖祠建筑宏伟，工艺精湛。主祠长 40 米，宽 17.5 米。两边有议事厅、生活区和配套设施。大门坊上的精致花卉木雕及议事厅的名人题词及砖雕都是珍贵的文化遗产。主墙角翘起，8只大鳌鱼凌空而立，马头墙高低错落，各脊兽献立其间，交替起伏，气派壮观。这一自然优美的韵律令人触目赞叹，不愧为古徽州建筑中的杰作。

祠的内部结构和工艺及选料在诸多古祠中亦属独特。祠为三进两门堂，五间六厢，后进三层，为砖、木、石结构。共有柱80根，主厅的两根大柱柱围5.1尺，中段略粗，成梭形，下嵌铜圈，这是典型的明代竖柱格局。该柱是楠木的，祠内梁坊、柱础、斗拱、雀替、搏凤、屋面上皆有精致雕刻。最可贵的是后进梁拱、梁托上雕有形态各异、栩栩如生、玲珑可爱的百兽。

前进是宽大的大厅，中有天井，两边回廊是供祭祀和族议大事的地方。后进高出中进五级设有神座，楼下入男士神位，楼上入女士神位。中进两边有香火炉。中进天井中有水池，可为防火之用。

该祠嘉庆年间大修过一次，特别是后进，有些是在此期间重建的。现该祠基本完好。

昌溪吴氏在一之公后，支丁繁衍众多，继祖祠太湖祠于元末明初建造外，清代早、中期各支派也纷纷建立支祠。庠里建有支祠"明潼祠"、"思成祠"、"敬义堂"、"存理堂"、"务本堂"、"贻清堂"、"敬伦堂"、"保和堂"、"嘉庆堂"、"怀德堂"、"仁裕堂"、"作德堂"等。田干所建支祠分成六、八大份。六份为富春公建"敬严堂"，支下六子八份为功茂公建"荣公所"，下有"理和堂"；功茂公生道长、道恒；道长生子振如、振功、振才、振员，分别建了"细和堂"、"积善堂"、"承恩堂"、"寿乐堂"，还有"怀远堂"。道恒生子振洪，建了"理和堂"。振洪生秀玖、秀环、秀琬、秀琼。叔侄共为八房人故称八份。数百年来这些支祠，或因失修倒塌，或因火患，或因拆建，现存的只有祖祠"太湖祠"，支祠"寿乐堂"、"安礼堂"、"敬严堂"和"理和堂"等处了。其中"太湖祠"和"寿乐堂"已列入县级文物保护单位。其实，它们列入省级文物保护单位也完全够格，只是申报的工作还没有去做。

下面就来说说员公支祠——寿乐堂。

昌溪村发展到清代十分昌盛。据族谱记载，1730 年昌溪吴姓就有数千人，而且为官者甚多，为商发财致富者不少。族支繁衍、人丁兴旺，促成了支派自主，支祠也应运而生。太湖支丁繁衍至第十二代振员公，此一支为官为商者最多，也最富。至第二十二代永厚公生子三人，长子大冀、次子大粪、幼子大楠，更是到了鼎盛阶段。他们不仅填河筑基建了规模宏大的宅院群，而且捐资建造歙城河西桥，修溪南祖祠，重修太湖祠，还于嘉庆年间兴建"员公支祠"，又名寿乐堂。因建造时经济实力充足，故而寿乐堂在建筑风格上有其特异之处。

该祠坐南朝北，因属支祠，其宽度不得超过祖祠太湖祠，为 13.5 米，比祖祠宽度少 4 米，而长度则超出太湖祠 5 米，达 45 米。其结构形式与太湖祠相同。但因支祠只能是四间五厢，而这也就反而使寿乐堂建筑工艺有了难能可贵之处。一般宗祠大梁不过 4 根，而寿乐堂有 8 根大梁，

寿乐堂

一树二梁，而且前后三进的正梁长达 13.3 米、高 1 米，为江南第一大梁。

寿乐堂的建筑格局与祖祠无异，同为三进两明堂，同样显得气势磅礴。而优于太湖祠者是全祠均以柏树为主，数十根木柱、掌壁、门坊均以柏树为料。另外寿乐堂增设了门坊——员公支祠木牌坊，堪称中华一绝。前有月池，后有祠堂，三者浑然一体。

最具特色的是这里看不见明显的石雕，而二进的明堂围石以及三进台壁的每块石料皆为一块由自然石纹组成的图案，有山水、有雷电、有人物花卉，选料及制作确是别具匠心，可谓古建珍品。

寿乐堂曾是原复兴小学和昌溪小学旧址，这里曾培育了无数英才。这里还曾是抗日救亡时和解放战争时的革命活动中心。它有过辉煌的过去，但由于历史的原因，多年失修，直至 2002 年由吴氏后裔吴示豪先生捐资进行了翻盖抢修。

这里还要特别说说木牌坊——员公支祠门坊。

也许你见过不少石牌坊，比如坐落于歙县县城的许国牌坊，坐落于离歙县县城不远的棠樾牌坊群等，但你肯定还没有见过木牌坊。也许你会想木牌坊再神奇也比不过石牌坊吧？还是先行看一看再作评说。原来这木牌坊是员公支祠的门坊，四柱三楼。四柱为优质柏木，用抱鼓石紧抱。上部木质宫殿式，明间高出次层一层。匾上楷书"员公支祠"四个大字。高领重脊，公角翘起，铺以小青瓦，以圆檐滴水。天檐板红漆雕花。一字形的四柱上架置重檐木坊，表现出高超的建筑工艺。《中国建筑史》称"此坊与坊前月池和坊后颇深的祠堂建筑浑为一体，给人以气吞山河的感觉"。确实如此，它不但自身工艺独特，而且与前后建筑连成一个整体，造成一种新美，再加上这种建构的独一无二，那真是风光无限了。特别对"给人以气吞山河的感觉"的体味尤其深切和独特，觉得此乃的评。作出如此评论者，真乃业内里手和昌溪木牌坊的真正知音。

该祠坊位于村中，四边皆另有支派支祠，处原"理和堂"、"怀远堂"、

"承恩堂"、"荣公所"之中央。据说原北京北海公园有一类似木坊，但现已失去，而此坊却保存完好，更显得弥足珍贵。它已被定为县级文物保护单位。按它的独有性，又哪里是一个"县保"所能体现得了的呢？往小里说也当可申报为省级文物保护单位。

在徽州有各式各样的牌坊，昌溪也有两座牌坊值得一说。

一是石牌坊——姚氏贞节坊。它位于昌溪村头路边原"二水环西"风景区旁，现已被民居围在其中。《中国建筑史》介绍说："清康熙二十四年（1685）立，灰凝石，三楼二柱，平板坊置四冲天柱，宽 3.7 米，高 8 米。檐下有斗拱，前后有八块靠背石碑，从高到低有"圣旨"、"节孝"及"旌表故儒吴永玠妻姚氏"字样。坊虽不大，但结构别具一格，已入县保单位。

二是砖牌坊——太湖贞节坊。该坊原砌在祖祠太湖祠南生活区所在的墙体上，高 4 米，宽 3.5 米，砖雕十分细腻、精致，上有"圣旨"、"贞节"和旌表妇女名单。可惜"文革"期间将全部字迹毁坏。砖牌坊在歙县县志中记载的只有县城一处，而昌溪砖牌坊也显出它自己的价值。这一砖牌坊上的节烈名单虽不再存在，但在家谱中还可见出一二，这就是：

赐安人方氏。吴弘赐，字达夫，生于 1707 年，殁于 1730 年，存年 24 岁。安人方氏，磻溪人，殉烈绝食七日而殁，题请旌表，纂入志乘。

吴锡绶长女吴淑娥。吴淑娥，生于 1855 年，幼字同邑瞻淇汪贻淮，殁年甫十岁。淑娥誓志守贞侍亲终身。殁于 1896 年，存年 42 岁。1899年奉旨旌表贞孝。

吴锡恭安人洪氏。吴锡恭，字寄农，太学生。生于 1839 年，殁于 1863 年，存年 25 岁。安人洪氏，三阳坑人，奉旨旌表节孝。生于 1838年，殁于 1895 年，存年 58 岁。

吴锡图孺人方氏。吴锡图，字义文，例授登仕佐郎。生于 1845 年，殁于 1866 年，存年 21 岁。孺人方氏，磻溪人，奉旨旌表节孝。生于

贞节牌坊

1839 年，殁于 1892 年，存年 54 岁。

在这里把贞节之妇加以介绍，意在说明封建礼教对妇女的精神戕害即使在这山区古村也不可幸免，可见它对徽州妇女的影响具有特别的广泛性。建于 1905 年歙县县城新南街的贞烈牌坊，共旌表徽州府属节烈妇女 65078 人，则是对徽州各地所有的节烈妇女的一种总量统计，可谓触目惊心！于此可知，歙人赵吉士所言"新安节烈最多，一邑当他省之半"绝非虚语。

在昌溪吴氏族谱中，虽然记载了大量人物，但多极其简略，其中只对那些在宗族发展中有重要影响的人物事迹加以特别记述，这就有把它们奉为楷模和变成传统的作用。由于在族谱中这类记载并不多，所以在这些记载中就更可以看出它们对昌溪后人的诸多意义，不妨简介于后。

秉公执法而治狱平允、直谏遭谴而又大义凛然的吴仕昭。吴仕昭（1353—1389），字仁师，昌溪九世。明洪武初为府学持敬斋生员，十六年（1383）入南京国子监，十七年（1384）京闱中郎贡，钦选进士，擢授承直郎，任刑部主事。二十一年（1388）升授承德郎。在任秉公执法，治狱公平得当。当时为建国初期，用法严峻，士民冤屈致死的很多。洪武二十一年（1388）孟冬月，吴仕昭上书直谏，遭贬谪，被处极刑。由于当时同僚上疏挽救，才免去一死，但被发配充军。吴仕昭感叹说："我不能感动皇上，因直谏得罪，可这又怎么能连累子孙也跟着充军？"即于当日又一次奏对，于是触怒皇上，于洪武戊辰十月十七日申时卒于官，年37 岁。当日弟仕英及家人也遭凌辱。人没有不想活着的，而仕昭轻生重义，不想累及子孙，其节悲苦而品德宏大。祖母汪氏痛其无辜受戮，告诫子孙此后不入仕途。仕昭于元代末年，自号清隐，建希濂轩，仿周敦颐之光风霁月，与诸隐君子赋诗赠答，吟咏性情，不求仕途。等到洪武开创基业，大召名儒，彻底改变原来想法，以兼善天下。历仕不久，即卒于官，未大行其道而徒直谏以死，虽死犹生。时人痛惜他遭遇无妄之灾，多诗文赞之。

友爱兄弟不曾有嫡庶之分、教子以读书为务而又有中流砥柱之称的吴弘律。吴弘律（1709—1741），字正声，昌溪二十一世。 赈赠朝议大夫，晋赠通议大夫。兄弟5人，只有弘律是嫡出，可是他友爱兄弟，没有嫡出还是庶出的分别。兄弟各家庭之间相处得非常和睦。弘律以读书为业，每当开卷有所获，就高兴地说："子孙后代即使不聪明的话，可是经书不能不读。"当时正当国家刚刚平定，可是以强欺弱之风还没有完全消失，甚至还有白刃相凌而官府不加过问的情况。弘律却被人所敬畏，没有哪个敢欺负，从父兄弟数十人都依靠他。所以当时的族人都把他当作中流砥柱看待。母亲抱着他的儿子站立身边时，他就指着儿子感叹说："算命的人说我很难活过35岁，如果确实是这样，我就等不到看见儿子长大成人了。以后应当让他通过读书来寻求出路，长大后替我告诉他。"他妻子方氏，磻溪人，赈封太恭人，晋赠太淑人。她一开始听到算命人的话，就感叹说："妯娌二人将是一节一烈啊！"这里的"烈"说的是伯母，而"节"就是自己在发誓。自从弘律父亲去世后，家道已经败落，他母亲食贫守节60多年，勤俭可也是喜好做善事，尽管自己吃饭都很困难，还把吃的推让给穷人，而自己却甘心忍饥挨饿。弘律曾经拿二钱买油，路上遇到贫穷的人就分一半给人家。他终身独自一人住宿。

弃儒远商以孝养母、与人忠信而不以市道交劝和见善举则必为的吴永厚。吴永厚（1736—1802），字广仁，号乐山，昌溪二十二世。翰林院待诏衔，教授登仕左郎，诰封朝议大夫，晋赠通议大夫，赈赠资政大夫。永厚6岁时就没有了父亲，两个姐姐都还没有长大，弟弟还在襁褓中。家道中落，母亲苦苦守节，依靠双手经营生计，以此养教儿女。永厚开

祠堂内的匾额

始以读书为业，想遵照父亲的遗言努力诗书，后来看到母亲没有鱼菽之欢，反而为家计所累，在13岁时就放弃儒业，远到京城经商，以此孝养母亲。永厚性情机智灵敏，与人相处讲究忠信，不拿世俗的一套交往劝勉，懂得天时人事之消长的规律。当货物过多，他人相互放弃时，则收购囤积，不久价格翻了几倍时，就又不敢居奇，以廉价销售，获得成倍的利润，可市场价格也得到平抑，使百姓得到好处。在用人上，只要是所赏识的人，给以重金经营，出入不问。有一个三次都折本而归的人来见他，他加以安抚和宽慰，又加倍给其资金让其经营，后来全部收回所折之资而获得超过本钱的利润，全部拿来归还，没有半点自己留下的。所以不到10年而使财富称雄于一方。永厚之才就是用来辅治天下也不困难，由于国家安定和平，国家重视科举考试，不如此就不能改变身份，他本来就无暇去做，可是也不屑去这样做。他富裕后就筑室奉养母亲，门额叫"诒安堂"，想让母亲生活得安逸。姐姐出嫁时为她准备了丰厚的嫁妆。因为弟弟很早就失明，特别疼爱弟弟，为他筑室娶妻，并准备了田产留给他的后代。由于母亲年纪大了，就回家乡奉养。只要是善举他见到了一定去做。重修太湖祠他资助田地若干，作为日后修茸祭祀之费，并置膏火之用，以培植子孙读书，使他们继承祖先的事业，有游学而不荒废学业的，就每年加以资助。乾隆甲寅徽属大荒，他刚好在太平府，听到消息就赶快回家，拿出积粟用以赈济，靠他赈济家乡没有出现饿死人的情况。

居官廉洁而公正、禄之所入咸施于族之贫者的吴大冀。吴大冀（1769—1818），名玉堂，字伯野，号云海，昌溪二十三世。历任兵部武库清吏司主事，升授兵部员外郎京察一等记名，以知府用，诰授朝议大夫。大冀生于京城，12 岁随母南归家乡。自幼聪敏果决，后以主事分选兵部升授员外郎。居官廉洁公正，为官 20 余年，俸禄所得不用于别的投资，全部都施舍给族中穷人。有《桃花书屋图》碑刻现藏歙县新安碑园。吴大冀北京寓所院内有白桃树一棵，高四丈，枝叶繁茂，荫地两亩多。树下可坐 10 余席。桃花盛开之际，大冀约好友阮元、法式善、马履泰、李宗潮、汪梅鼎等名士，于桃树下同饮。席间，黄山人黄均为之作《桃花书屋图》。大冀即延请高手摹刻上石，按所绘之图，名家题咏 21 篇及自跋，依地支顺序排列，共 12 方石刻。石宽 100—105 厘米不等。石质均为白玉石，质坚而美，篆刻精致，图文并茂。后由家人由水路运送回家乡昌溪。

无纨绮之习而又友爱兄弟、构建书屋以为家塾而又热心公益事业的吴大蓂。吴大蓂（1773—1834），字应阶，号荫斋，吴大冀弟。候选知府，诰授朝议大夫，晋封通议大夫，诰赠资政大夫。出生于京城。8 岁随母亲南归故里。小时候经历丰富，无纨绮之习，读书喜观大略，于廿四史一年内必翻阅终卷，所以诸曾孙名字都是取的史书中的名人、不常见之名载之家谱作为预名。后因兄弟难以聚首，而眷念长兄友爱季弟，敦手足之情，就是到自己年老了也是这样。教子读书为务，在住宅东南边构建"梅花书屋"，作为家塾，并自己撰写对联："传家惟有十三经读过无忘便为佳子弟，插架何须千万卷用来恰当即是好文章。"又请汪太史兰畲，用颜料在其轩上写"诵芬"二字。他内心深处想使子弟能诵此清芬，将来为通儒、为良吏，不是世俗那样专为科举成名。丰溪大宗祠年久失修，捐金修葺，又建支祠"忠爱祠"，并备有祭田供祭祀祖先。歙县河西桥为通衢之要道，在即将倾圮时，首倡捐金为之重建。巢湖大水，禾麦无收，开谷仓赈济。道光初年，经常歉收，野多饿殍，出谷赈济，活着的给饭吃，死去的帮助掩埋，不遗余力。而平时怜恤鳏寡孤独，更难统计。

性情淡泊不求仕进而又教子以读书为务的吴大楠。吴大楠（1781—1859），字君让，号怡园，吴大冀二弟。太学生，诰奉直大夫，晋赠中宪大夫。他性情淡泊，不求仕进，平居爱闲静，喜鱼鸟花木，谈风话雨，聊以自娱。教子以读书为务，建"杏花书屋"为子孙读书处，有林隐士之风。50岁时就把家事交给子孙，而自己优游泉石，颐养天年。与夫人年届八旬，精神矍铄，子孙繁众，亲见元孙。咸丰六年御赐"七叶衍祥"匾额以旌其闾，清代理财家王茂荫为之撰写70寿联。

友爱性生而又治事决明、远略过人而又仗义疏财的吴广鑫。吴广鑫（1805—1862），名庆来，字心儒，又字莘畲，号研波，吴大冀次子。候选同知，诰授奉政大夫。兄弟6人，他年未30父亲就去世，弟广邠年龄甚小，扶持教诲，为治生产，并建屋以居，他爱护弟弟超出寻常。此后粤匪扰乱，庚申年郡城失陷，贼匪来村滋扰，合家迁避。可是后来锡绎、锡纯、锡丰因为别的事情又回到村中，将陷于贼匪之手，凶多吉少。他听说后，携锡维沿途探访，而所幸锡绛他们免于灾难，在路上相遇时已近夜半，锡纯惊魂未定，仓皇失措，山路高峻，举步倾跌，全依赖他扶掖以行。辛酉年，广麓、广邻公相继去世，他痛惜两弟梦寐不忘。当父亲去世时，族人由于他年弱，屡来欺侮，悉忍之。村中开设有典铺，本来用于方便族人之急需，可是豪猾之人因年值荒歉，肆意强行索取。他为人仗义轻财，可是族人竟一再索取，并聚众数百人，蜂拥典铺，持刀伤人。族中打抱不平的人，将凶徒捆缚起来。他不得已告到官府，惩其首恶，宽其胁从，强横之人才收敛，家业得以顺利发展。村中族谱废修100多年，近支数代，他为辑之手缮一册。后遭变乱，各房谱牒散佚无存，仅存他所录一册，后人才能因此上追先世。原配宜人张氏，定潭人，诰封宜人，仁慈慧敏，主持家务有条不紊；凡有善举，她多赞成去做。

自奉甚薄而大义所在则毅然为之、重视教育而又备供膏火之资的吴广麓。吴广麓（1809—1862），字瞻原，号竹坪，吴大冀第三子。敕授文林郎，封中宪大夫，诰赠资政大夫。他出生时，家中非常富裕，可他自奉甚薄，食无珍味，到老还青鞋布袜。继承先人房产，从没有过扩大和修饰。远族无赖常常无故索财，蛮横不讲道理。即使有强行夺取的情况他也不禁止。打抱不平的人教他诉讼解决，他不答应。碰到真正大义之事，就毅然去做，即使拿出巨万也毫不吝惜，而又有知人之鉴。正当年少，荫斋公就把家政传给他。由于各地生意需要，佣人有数百，他综合安排随所指使，使家业日益丰硕。当举行乐山公葬礼的时候，子孙繁盛，他的同祖兄弟有13人，子侄辈24人。人愈多葬事愈难处理，他慨然独任，置所有利害嫌怨劳费而不顾。戊戌年正是英国人作难之时，友人因卖茶被外国人欺侮。他听说此事亲自前往，单词片语而使外国人敬服。陕西巡尹范国瑞，从苏州避乱到徽州，他一见就放手借给千金，旁人都笑话他。等到叛乱平定后，范国瑞最终因商贸获利，携母子来探望。云南阁学张仙舫，因办团练来徽州，杯酒间就与他订为异姓兄弟。后广麓全家避乱祁门，多倚仗这位朋友的帮助。旌德秀才汪从先举家避乱昌溪，他提供吃住，当叛贼来昌溪骚扰时，锡绛、锡纯、锡丰藏匿在"诒安堂"室中将被贼匪捉拿时，汪君竟挺身而出捉拿贼匪，使兄弟脱险。他曾经认为世丰之家，只有特别聪明的人才知稼穑之艰难，而培养出来的人一般以中等才能的为多，不教导他们读书，没有不成为纨绔子弟的。曾经考虑建书塾，名为"梅花书屋"，因世乱没有建成，他感到遗憾。又考虑到子孙繁衍，或许有无力读书的，于是将太夫人所遗留下来的财产经营之利润作为膏火之资。甲寅年后，干戈遍地，就储谷以周济亲族，门下食客盈庭。大乱之时，家人子妇流离转徙，由于诸位门客乐出死力，使在避难的地方都能做到衣食无忧。其他如为人排难解纷，或出资，或出力，成全他人骨肉亲戚之好的事情很多。

乐善好施的吴广灏。吴广灏（1815—1853），名庆五，字仿梁，号舫莲，吴大蒉第五子。诰赠奉政大夫。他为人乐善好施。昌溪距深渡计程15里，道路倾圮，艰险异常，面水背山，有如蜀道一样难行，过往行人以之为苦。他慨然出金数万，使狭的地方变宽，使陡坡变平，终成平坦大道。歙县河西桥为六邑通衢，被水冲激崩坏，也出资修复，令人称颂不已。

至孝而至割股疗母的吴遇旦。吴遇旦，康熙辛亥年生，戊辰年殁，年仅18岁。他幼时纯孝，在母病医药无效的情况下，便以割股治疗，从而使母病痊愈。他暗自包裹创伤，不让母亲知道，后创口病变以至不治。族人对他如此孝行无不敬仰，后专为他画容祭祀为祠。此后京工部给事仪徽等人为之撰《吴孝子传》文，许承尧缮写立碑于沧山源村口亭中以传颂。

吴孝子传碑

在以上这些人物事迹中包含着非常丰富的思想内容，透露了吴氏宗族的崇尚和追求，简单说就是崇尚读书教育，崇尚勤劳和节俭，崇尚敬爱与和睦，崇尚刚烈和正义，崇尚仁孝和公益事业，崇尚经商发展等，它们与族规一起形成了昌溪吴氏的家族传统而世代相传。

昌溪吴姓能够世代相衍，蓬勃发展，与牢不可破的宗族观念和制度分不开，与对自己家族的优良传统的继承和发展分不开。世代所遗存下来的太湖祠宗祠和宗谱等即是有力的见证和说明。

吴氏——鼎公世第

三、周氏辅翼兴昌溪

　　昌溪在 1998 年出了一件令人兴奋的事，那就是旅港商人周裕农捐资 50 万元重修昌溪周氏宗祠。为什么这位旅港商人愿意捐巨资重修周氏宗祠呢？原来这位旅港商人周裕农并非与昌溪周氏宗祠毫无关系的人，他是昌溪周氏第三十四世孙。

　　说到周裕农，自然不能不说起他的先人周宗良。

　　周宗良，祖籍昌溪周邦头，1876 年出生于浙江宁波。他早年在宁海海关任职，不久进入德国受礼司洋行经销"行美溢"颜料。1905 年赴上海入德国谦信洋行任职，后任该行买办。1914 年第一次世界大战爆发，洋行撤回，残存颜料折赊归忠良。后由于国内颜料紧缺，价格狂涨，忠良因此一跃为沪上富豪。1920 年后，与贝润生等改组谦信靛公司为谦和靛油号，任副经理。1924 年，德商在沪成立德孚洋行，成为德国颜料在华的总推销人，后一时名声大噪，有"颜料大王"之称。1930 年独资开设周忠良记颜料号。此外还经营金融业和房地产业，曾任浙江实业银行、中国垦业银行、中国银行和中央银行董事。1948 年 6 月移居香港。1957 年去世。临终时不忘祖籍，特别嘱托后人回乡祭祀。1998 年其后人周裕农经香港回昌溪捐资重修了周氏宗祠。这才有了开头所说的盛事。

说到周忠良同样不能不说周友仲，因为他与周宗良一起，创造了"中国颜料大王"的神话。

周友仲，生于 1874 年。他年轻时，以国子监中辍举业，改而从商，协助父亲管理店务，同时为外祖父吴鸿泉（歙县石潭人）协理在绍兴所设的"永泰"、"永大"、"德昌"等茶、漆店务。由于友仲头脑敏捷，很快成为识别漆货的行家。友仲 40 岁时，其父及外祖父相继去世，但经他经营的业务一直兴旺不衰，并在湖北老河口增设"利生裕漆庄"，很快成为当地漆商四大庄之一。值此之后，他又在杭州、绍兴、临海、宁波等地添设门市部，一时名声大振。抗日战争爆发后，受日寇侵扰，商业受挫，返居故里。1945 年农历三月十五日病逝，终年 71 岁。

以周友仲和周忠良为代表的漆商创造了辉煌，赢得了"中国颜料大王"的美称，在徽州也就有了与"吴茶"、"潘酱园"一起被称颂的"吴茶周漆潘酱园"的美誉。

在昌溪下村周帮头除了有为世所称誉的著名徽商外，还涌现出了一些其他重要人物，如有雍正元年（1723）第九名进士累官至正二品、大理寺正卿的周琰，有道光九年（1829）进士累官至户部右侍郎的周茂洋，有以功至吏部尚书周楷，有以德掌金华知府的周湛，有以学问入宫任修纂并为翰林院学士的周履陛，还有以才能在明清两朝任知县的周廷陈等 13 人。尤为后人乐道的是周烈、周履陛叔侄于乾隆庚午同科中举，为"叔侄同榜"；周茂洋、周孚裕父子于道光、同治分别考取进士，称为"父子科甲"。

周茂洋于道光八年（1828）江南乡试中举，翌年赴京会试中进士，现所存乾隆、嘉庆、道光三朝元老曹振镛等为周茂洋立"进士"匾额一块可以为证。他先赴陕西任户部清吏司主事，后调京都历任户部员外郎、郎中、右侍郎等职，曾与本县道光十二年（1832）进士、理财家王茂荫在户部同事多年，又与晚清著名诗人龚自珍过从甚密。

周孚裕于同治十年（1871）考取进士，任江苏淮安府桃源县知县，族谱云："公清廉勤政，交称循吏，士民爱戴，呼为'周青天'，大书'官清民安'四字，遍揭街衢"；又于光绪五年加封五品，领同知，留任桃源县，并皇授父、祖父、曾祖父为"中议大夫"，诰封其妻、母、祖母和曾祖母为"淑人"。周孚裕当时领五品，得四世诰封殊荣，当属破例。

周茂洋之孙、周孚裕之子周铭忠，原名冕忠，字钺臣，光绪二十年（1894）赴京参加顺天乡试中举。这年为甲午科考，正值中日战争日炽之时，铭忠"陈文以檄，针砭时弊"，因此得罪当时主和派考官，险些落榜。次年应乙未科会试不中，愤改原名"冕忠"为"铭忠"。曾任山西铅山、奉新、临川等县知县，因"谤砭时政，习性不改，几遭罢官"。民国纪元后，继任广东平远、南海和安徽寿县等县知事，"赋性明敏，清廉恭俭，有祖父风"。民国十七年（1928）卒任上，年62岁。

以上所述只是昌溪周帮头的少数代表。周帮头周氏是一个非常崇尚耕读的家族，自从周氏元代末年迁来此地，从明初永乐至清末光绪的400多年间，共出了4名进士、19名举人、23名贡元和74名秀才。除科举入仕者外，尚有多人以德、以功取得仕籍，共计县丞以上官员77名。这在仅有70来户人家，人丁不满300的小村庄来说，当属罕见，故周邦头素有"秀才村"之美称。

为什么昌溪周姓能如此人才辈出呢？

这除了与族中徽商所具有的强大经济实力外，更重要的是与他们高度重视教育和培养有关。

悬挂在周氏宗祠里的匾额

　　在高度重视教育和培养方面，户部右侍郎周茂洋之妻高氏即是一例。周茂洋在京病故后，其妻高氏不得不带其膝下三子二女，"扶回徽，程途3000里，艰苦备尝。抵籍后，和丸教子，督蚕养家，购置田庐，启佑后嗣，母仪足式，远近咸称"。在封建社会里，一个妇女不可能有什么功名可言，但她对子女的言传身教和勤勉督学的楷模作用却是很大的，如孟母三迁和岳母刺字等就是典型体现。高氏对其子女的教育也是如此。而周氏三子也终于不负母教，相继中举。幼子孚裕考取进士后，与父亲一起被钦赐"父子进士"匾额一块，现仍悬挂堂内。高氏随任督子，60寿诞时，诰封"淑人"。

　　昌溪周姓能如此人才辈出还与他们同昌溪吴姓的暗自比拼与激励有关。因为昌溪是一个以吴姓为主姓的大村，吴姓可谓人多势众。另外由于吴姓早于周姓来到昌溪，这无形中就有一个先入为主的问题。再加上周氏祖上是迁来承岳父方而发展起来的，这就更使周姓要想在村中赢得地位，做到后来居上，不被小看，就不可避免地要建立起暗自比拼和自强不息的意念。这在封建社会里是很正常的，在徽州这个注重宗法的小社会里更是如此。由于昌溪吴姓在历史上文风鼎盛、人才辈出，这在客观上也会对周姓起着砥砺作用。当周姓得到砥砺发展后，自然又会反过来促使吴姓得到进一步发展。其实昌溪吴、周二姓就是在这样的比拼中不断促进、共同发展，从而造就了昌溪的鼎盛和发展。这是不容抹杀的事实。

先人已去，文物依旧。在先辈留下的六顺堂和豫顺堂中还可看到历史的脚步所留下的深深印迹。

在昌溪周帮头的下坦至上坦建有雄伟门楼一座，上书"绍濂里"三字，此为"宗门"。入得门来，拾级而上，便到上坦。大坦上有周氏宗祠巍然屹立，其两旁旗杆林立。每逢盛大节日，在此燃放烟火，热闹非凡。

周氏宗祠坐北朝南，背靠来龙山，青松翠柏，古木葱葱；门临昌源河，绿波荡漾，流水潺潺。面对朝山，蜿蜒起伏，似苍龙，似笔架，令人遐思神往。祠前两个大坦，可容千人，全以鹅卵石铺成。通街大道，穿坦而过，上溯昌溪、石潭，下通深渡、徽城，人来人往，更添宗祠熙攘景象。

从外观上看，宗祠建筑为明代典型风范。简洁的布局，古朴庄重；精致的雕饰，细腻入微，极显徽派古建筑特色。山墙呈阶梯形，具有防火作用；脊顶以特制镂花雕砖压顶，上有十三对剔透麒麟相对而立，两边犄角上翘，直指苍穹，既具防风作用，又显富丽凝重。外墙皆用双层"三六九"型青砖砌就，非常坚固，四面墙裙嵌以青石板座基，更具防水性能。古人建屋，集防火、防风、防水于一体，于此可见很强的防患意识。

周氏宗祠始建于明孝宗弘治十年（1497），自奠基至竣工，历时五载。有俗谚云："出世不当场，碰着做祠堂。"意为建造祠堂，乃公众事业，有钱出钱，有力出力，既属自愿，又为征派，全是义务性质。当年周氏，在本里已繁衍7代，人近两百，有取得功名在朝为官者，有外出经商腰缠万贯者，正值人丁兴旺、财源茂盛时期，族人就在此时开始筹建祠堂。

整个祠堂布局分栅栏、丹墀、正厅、后进和寝陵五大部分，是"三进两明堂"的代表作。

在大门的"周氏宗祠"匾额下方为栅栏。匾下原有三块绿底金字直书匾额，题为"钦点主政"、"恩赐进士"和"四世二品"。两扇大门分别绘有秦叔宝、尉迟恭持斧站立神像，浓墨重彩，庄严肃穆。大门两边矗立着两个大石鼓，进了大门，便是108平方米的丹墀，俗称"天井"。四面檐瓦滴水入池，取肥水入池的内向手法。两边走廊宽敞明亮，可容数百人从事祭祀活动。10根黑色"黟县青"方形石柱，包围着整个丹墀。

过了丹墀便是正厅，抬头便见"六顺堂"匾额悬挂其上。之所以将该宗祠命名为"六顺堂"，是由于周氏传至第十八世时共有兄弟6人，既有使子孙观其名而不忘其本之意，又有以"六六大顺"之意来祷祝宗族的和顺，故以"六顺"名之。

四周大梁上，现残存铁钉、铁钩，原来这里挂满"进士"、"文魁"、"贡元"等功名牌匾。凡族中入贡或考取举人、进士者，均在祠内立匾，祠外竖旗杆，以示荣耀。

正厅横梁两端，有木雕1米大小的"和合"诸仙四个塑像，神采飞扬，栩栩如生。4根一人合抱的大茶园石柱和两根1.5米腰围的银杏木柱挺立其间，浑厚庄重，气势非凡。厅堂占地165平方米，地面方砖铺陈，两边厢房上的窗棂门板，花卉禽兽镂雕精细，潇洒飘逸。穿过正厅左右边门踏入后进，见一青石围栏，上下各有8根1米多高的荷花石柱，石雕细腻，娴雅别致。雨天檐水滴入栏内，作丁东声响，更显寝陵幽静深邃。

从两边拾级而上，便是周氏列祖寝陵。正堂上方横亘一巨大月梁，长达8.2米，两头圆柱支撑，飞动的云纹、牛腿、象鼻装饰着梁头、柱托

和斗拱。这里原悬挂有"一门节烈"、"节妇松筠"等歌颂周门孝女、节妇的匾额，每一块匾额都记叙着一个凄婉惨烈的故事。宗寝分楼上楼下，又各分3间，在12层摆放着祖宗牌位的阶梯上，自始祖龙孙公以下，分男女长幼，按指定位置对号入座，各得其所。

　　周氏宗祠主体建筑面积747平方米，附带配套建筑及祠前大坦，占地1000多平方米。500多年前，限于交通机械，那石柱、那大梁，搬运之艰不言而喻；那规模、那气派，耗资之巨可想而知。周邦头这么一个小村庄竟能建造如此规模的大祠堂，这不能不仰仗于周氏当年的财、势二字。周氏子孙善于经商，贾而崇儒，儒而入仕，村势日盛，遂于道光年间族人聚资重修祠堂，才具现在规模。

　　"豫顺堂"系周氏宗祠"六顺堂"支下第九代后嗣所建，成屋于康熙二年（1663）。考豫顺堂后嗣自康熙至光绪因科举或其他途径入仕者计19名，占周氏本里在籍官员四分之一。民国初年尚有北京大学毕业生周孝松在国民政府外交部任职。但因为官、经商或战乱诸因，大多举家迁居

祖容像

外地，以芜湖、山阴、绍兴和寿昌为多。豫顺堂原有牌匾多块，然难逃"文革"浩劫，连同一些珍贵文物，多遭焚毁，今尚存"父子进士"、"进士"和"文魁"等匾额3块，清初书法家黄钺、谢崧等赠篆、隶、楷书楹联两副半，虽油漆斑驳，仍古色古香。其中一副对联为："父进士统管钱粮道光朝中户部理财手，子进士一代廉吏同治年间直隶周青天"，即是对族中父子进士的形象写照。

周氏宗祠曾于1969年"七·五"大水冲毁了祠前围墙，"文革""烈火"也断送了祠内珍贵文物，加之年久失修，这幢历经500余年沧桑的宗祠岌岌可危。幸周氏三十四孙、旅港商人周裕农捐资予以重修，使其焕然一新，恢复了原貌，现已被列为县级文物保护单位。

昌溪周氏自第十四世祖周龙孙于元顺帝至正三年（1343），由歙县大洲源周家村举家迁来徽州路歙邑三十一都下昌溪二保，承岳父方艾户后，发展迄今已有650余年历史。昌溪周帮头发展的650余年的历史，是与昌溪吴姓相濡以沫、和平共处的历史，是相互促进、共同发展的历史，也是把昌溪古村不断推向繁荣和发展的历史。故曰:"周氏辅翼兴昌溪"。

从昌溪周帮头和昌溪吴姓的发展,我们不难看出封建科举对于古村落发展的特殊作用和力量。不但昌溪是这样,徽州其他村落也是这样;不但徽州村落是这样,整个徽州的发展也是这样。

自唐武德五年(622)正式开科取士,直到清光绪三十一年(1905)废止科举制度的1300年间,全国共录取了10万名以上进士,700余名状元,有姓有名可考的状元587人。根据历代《徽州府志》、各县县志记载,徽州历代共考取了2081名文科进士,其中24名文科状元,4名武科状元,约占全国文进士的五十分之一,全国文状元的二十四分之一。其中明代徽州进士452人,居全国第13位;清代徽州进士684人,居全国第4位。明代徽州状元为3人。而清代112科112名状元中,徽州本籍状元4人,寄籍状元15名,共19人,占全国的17%,居全国第1位(原被认为状元数最多的苏州府共有状元24人,但其中有6人为徽州人)。此

祠堂内的匾额

豫顺堂

外，歙县明清两代共取进士623人，居安徽省诸县首位。而休宁一县清代出状元为全国之冠。据清道光《休宁县志》记载，自康熙三十年（1691）至道光二年（1822）的131年间，休宁人状元及第者共12人，平均10年出1名状元。

这12名状元是：戴有祺，字丙章，号珑岩，瑶溪人，寄籍金山卫，康熙三十年（1691）状元。汪绎，字玉轮，号东山，县城西门人，寄籍常熟，康熙三十九年（1700）状元。汪应铨，字度龄(一作杜林)，梅林（今属黄山市屯溪区）人，寄籍常熟，康熙五十七年（1718）状元。金德瑛，字汝白，号慕斋、桧门，瓯山人，寄籍仁和，乾隆元年（1736）状元。毕源，字湘蘅，号秋帆，灵岩山人，闵口（今属黄山市屯溪）人，寄籍镇洋，乾隆二十五年（1760）状元。黄轩，字日驾、小华，号蔚塍，古林人，乾隆三十六年（1771）状元。吴锡龄，字纯甫、莼渊，大斐人，乾隆四十年（1775）状元。戴衢亨，字荷之，号莲士，隆阜（今属黄山市屯溪区）人，寄籍江西，乾隆四十三年（1778）状元。汪如洋，字润民，号云壑，县城西门人，寄籍秀水，乾隆四十五年（1780）状元。王以衔，字署冰、凤丹，号勿庵，洺阳（今属黄山市屯溪区）人，寄籍归安，乾隆六十年（1795）状元。吴信中，字阅甫，号蔼人，长丰人，寄籍吴县，嘉庆二十二年（1817）状元。戴兰芬，字畹香，号湘圃，寄籍天长，道光二年（1822）状元。

休宁一县清代出状元数量为全国之冠，可以名副其实地称为全国状元县。

徽州历史上出了这么多状元，是由于状元可以轻而易举地考取吗？并非如此。一般说来，全国每3年才考一次；每次先从100多个秀才中录取一个举人；再从100多个举人中录取一个进士。全国每3年只录取350多名进士，又由宰相从中筛选出20至50个最优秀的进士，推荐给皇帝亲自考试，确定第一、第二、第三名进士。第一名进士叫状元，第二名进士叫榜眼，第三名进士叫探花，其余分为第二甲、第三甲进士。从中可以看出，考取状元绝非易事。

那么，在徽州哪个是最早的状元呢？他是五代南唐时期歙县岩镇（今黄山市徽州区岩寺镇）人——舒雅。

舒雅，字子正。幼好学，才气过人。以文才与吏部侍郎韩熙载一见如故，结为忘年交。当时韩熙载门下数十人，共推舒雅为首。南唐保大八年（950），舒雅状元及第，遂名闻天下。先后参与编纂和校订《文苑英华》、《史记》、《论语正义》、《七经疏义》等书。累迁职方员外郎，后出守舒州。秋满乞致仕，就掌仙灵观。大中祥符二年（1009）入直昭文馆。卒年70余岁。舒雅善诗文，著有《西昆酬唱集》。

在徽州不但出了许多状元，而且还出了不少宰相。根据有关资料统计，自秦始皇（公元前246年）设置宰相以来，中国历代大约出了1262位宰相。从与徽州有关的南宋（1127）到清代（1911）止，在这700多年间，全国共有 409 位宰相，其中徽州出了 17 位，约占全国宰相的二十四分之一。就清代的歙县来说，就出了 4 位宰相。这也不能不说是奇迹！因为徽州相对于全国来说，毕竟是弹丸之地。

那么，徽州这些宰相到底是哪些人呢？请看：

汪伯彦，祁门县人，北宋崇宁二年（1103）进士，右仆射。汪澈，婺源县人，北宋大观三年（1109）进士，参知政事。汪勃，黟县人，南宋绍兴二年（1132）进士，参知政事。吴渊，休宁县人，北宋嘉定七年（1214）进士，参知政事。吴潜，休宁县人，南宋嘉定十年（1217）状元，左丞相。程元凤，歙县人，南宋绍定二年（1229）进士，右丞相。许国，歙县人，明嘉靖四十四年（1565）进士，内阁二辅。何如宠，婺源县人，明万历二十六年（1598）进士，武英殿大学士。程国祥，歙县人，明万历三十二年（1604）进士，东阁大学士。吴正治，休宁县人，清顺治六年（1649）进士，武英殿大学士。徐元文，歙县人，清顺治十六年（1659）状元，文华殿大学士。汪由敦，休宁县人，清雍正二年（1724）进士，军机大臣。戴均元，休宁县人，清乾隆四十年（1775）进士，军机大臣。戴衢亨，休宁县人，清乾隆四十三年（1778）状元，体仁阁大学士。曹振镛，歙县人，清乾隆四十六年（1781）进士，军机大臣。潘世恩，歙县人，清乾隆五十八年（1793）状元，军机大臣。潘祖荫，歙县人，清咸丰二年（1852）进士，军机大臣。

因此，历史上徽州各地有着许多盛传不衰的科举佳话，在长久地鼓荡着徽州人的思想和情感。主要说来有以下这样一些：

"父子尚书"

这是指歙县雄村人曹文埴、曹振镛父子。

曹文埴（1735—1798），字近薇，号竹虚。乾隆二十五年（1760）中传胪，选庶吉士，授编修，屡迁翰林院侍讲学士。后授左副都御史，擢

户部尚书。为《四库全书》总裁，又充三通馆副总裁兼同办。后因和珅擅权，不愿阿谀奉迎，以母老乞休。卒谥文敏。

曹振镛（1755—1835），字俪笙，号怿嘉。乾隆四十六年（1781）进士，选翰林院庶吉士。五十二年（1787）授编修。嘉庆年间历任学正、工部尚书、大学士、军机大臣。道光元年（1821）拜武英殿大学士，军机大臣，兼上书房总师傅，并在北京内城受赐府第。道光七年（1827）因襄赞军务有功，加衔太傅。卒谥文正。

曹氏父子科举入仕，于清代乾隆、嘉庆年间先后担任户部尚书和工部尚书，故有"父子尚书"之称。

古联

"同胞翰林"

清代康熙年间，歙县唐模村（今属黄山市徽州区）许承宣、许承家兄弟二人俱考中进士，一授庶吉士，一授编修，均属翰林院，故有"同胞翰林"之说。

许承宣，字力臣，康熙三年（1664）进士，授翰林院庶吉士。历官给事中。典试陕西，察民疾苦，上六疏，语中利害，名声大著。著有《宿影亭集》、《青岑稿》、《西北水利议》。

许承家，字师六，号来庵，康熙二十四年（1685）进士，授翰林院编修。著有《猎微阁诗文集》。

唐模村头至今仍矗立着"同胞翰林"石牌坊。

"一科同郡两元"

清康熙三十年（1691）辛未科殿试第一名状元，为徽州府休宁县人戴有祺。而在此前的会试中，第一名会元则为徽州府祁门县人张瑗。

戴有祺（？—1711），康熙二十七年（1688）举人，康熙三十年（1691）状元，授翰林院修撰，逢父母相继去世，遂家居守孝，不复出仕。著有《文集》和《寻乐斋诗集》等。

张瑗，字遽若，康熙三十年（1691）会元，由编修改御史，巡城至香山，见碧云寺后有明代宦官魏忠贤墓，规制宏伟，不胜愤激，奏请平毁，朝野称快。后督学河南，潜心理学。著有《三礼会通》、《潜虬斋诗文集》，并纂康熙《祁门县志》。

同科会考，状元、会元均出自徽州府，这在科举史上实不多见，遂有"一科同郡两元"的美谈。

"连科三殿撰，十里四翰林"

清乾隆三十六年辛卯（1771）状元黄轩是休宁人。乾隆三十七年壬辰（1772）状元金榜是歙县人。乾隆四十年乙未（1775）状元吴锡龄又是休宁人。接连三科状元俱为徽州儒生所得，颇不寻常。

同治十年（1871）洪镕、郑成章、黄家惺、汪运轮4人同科考中进士，俱授庶吉士。四人皆属歙县西乡人，他们的家乡岩镇、郑村、潭渡、西溪南四村镇都在丰乐河畔，相距仅5公里。如此邻近的同乡4人同榜高中，俱归翰林，诚为罕见。

"一镇四状元"

舒雅是南唐保大八年（950）状元，也是徽州第一位状元，岩镇人。

吕溱（1014—1068），字叔济，北宋宝元元年（1038）状元，历任蕲州、舒州、楚州、杭州、徐州、开封知府，升龙图阁直学士、枢密直学

小巷

士，岩镇人。

唐皋（1469—1524），字守之，号心庵，明正德九年（1514）状元，授修撰，参与修撰《武宗实录》，升侍讲学士，未几卒于官，岩镇人。

金榜（1735—1801），字辅之、蕊中，号敬斋，少于戴震、程瑶田，同师江永。清乾隆三十一年（1766）高宗召试诗赋，特赐举人，授内阁中书。乾隆三十七年（1772）状元，授吏部主事，改翰林院修撰，曾任山西乡试副官、会试同考官。丁忧归里，不再复出，著书自娱。亦岩镇人。

一区区小镇连出4状元，令人称奇。

"一门八进士，两朝十举人"

明清两代，歙县雄村曹氏家族先后有8人考中进士，有10人考中举人，朝野交誉，传为美谈。

雄村有一座四柱四楼"世济其美"石牌坊，上面便刻着8位进士的名字。

这8位进士是：

曹祥，字应麟，明成化间(1465—1487)进士，任四川参政，官至副都御史。

曹深，字文渊，明正德三年(1508)进士，因同榜百余人上疏揭刘瑾逆迹，受罚跪午门五日。后授南兵部主事，因体弱病卒。

曹楼，字世登，明隆庆五年（1571）进士，授户部主事，督学四川。

迁江西右参政。蜀人祀为名宦。

曹学诗，字以南，号震亭，清乾隆十三年（1748）进士，授府城知县，调崇阳，皆有政声。以艰归乡，遂不出仕。

曹文埴（1735—1798），乾隆二十五年（1760）进士二甲第一名（传胪）。

曹坦、曹诚、曹振镛也均为乾隆年间进士。

说到这里，有人不免要问：徽州是凭借什么力量而取得了封建科举的如此辉煌呢？

我们完全可以这样说，徽州大地是非常注重读书和科举的。不是吗？在许许多多民间歌谣中就可以十分鲜明地看出潜藏着这方面的种种因子。

历史上徽州人的出路不外两条：一是经商，一是读书。读书读好了，可以入仕，既解决了生计问题，又可光宗耀祖，可谓一举两得，因而读书成了徽州人的最大向往和追求。就是经商，也要做一个儒商，那就是亦贾亦儒，或先贾后儒，或先儒后贾。而经商成功了就投资教育，是徽商的一种最基本和最普遍的投资。徽州多才人，与徽州重视教育的美好传统是密切相关的。徽州人追求重视读书而又博取功名的传统思想在一定方面是通过民间歌谣的形式来广泛传播并使之深入人心的。

首先，在徽州，把读书和功名的思想加以灌输早在孩童的时候就开始了。而对孩童的这种灌输是通过歌谣的形式在自觉不自觉中进行的。如流传于歙县的一首摇篮曲《来家做个状元郎》：

推索钩，慢索落，我家因儿进学堂。

念不到三年书，来家做个状元郎。

尚在摇篮中的婴儿的耳边就有了"进学堂"、"念书"和"状元郎"的概念的回响，这种潜移默化的灌输不可谓不早，由此也可以想见这种影响会是根深蒂固的。

又如流传于黟县的《扁荚藤》：

扁荚藤，随地生，外公外婆接外孙。

外公接得哈哈笑，外婆接得笑哈哈。

舅舅接得忙打转，舅母接得苦巴巴。

实劝舅母别叫苦，同是一树好桃花。

外公给团一包糕，外婆给团一包糖。

舅舅买了几本书，舅母送团进学堂。

读了三年书，中个状元郎。

前街竖旗杆，后街做祠堂。

这其中的"读了三年书，中个状元郎。前街竖旗杆，后街做祠堂"的理想鼓舞不可谓不诱人，使受其影响和熏陶的人无不充满向往之心。

还有流传于绩溪的童谣《哥哥考个秀才郎》：

推车哥，磨车郎，打发哥哥上学堂。

哥哥学了三年书，一考考着个秀才郎。

先拜爹，后拜娘，再拜拜进老婆房。

金打锁匙开银箱，老婆房里一片光。

这里描画了读书人在科场取胜后又迎来洞房花烛的美好生活情景，让人充满无限憧憬。又如流传于屯溪的《读书郎》：

牵三哥，卖三郎，

打发团，进学堂。

读得三年书，中个状元郎。

前门竖旗杆，后门开学堂。

金屋柱，银屋梁；

珍珠被，象牙床，

枕上一对好鸳鸯。

这里把读书人的理想描绘得更加具体生动，在荣耀的后面，添加进了"黄金屋"与"颜如玉"的思想。这样一些歌谣裹藏着的虽然不外是诸如"书中自有千钟粟"、"书中自有黄金屋"、"书中自有颜如玉"等封建社会中广泛流行的读书观，但所有这些在徽州人眼中更显得灿烂一片，因为徽州人不但是这种理想的传播者和鼓舞者，而且经常是这种理想的实践者和享有者，中国第一状元县就在徽州的休宁县等即是形象写照。理想和现实在徽州人这里达到了高度统一，因而这些歌谣就更有陶醉人心的作用。

其次，徽州人的这种重视读书而又博取功名的教育观念，经常在新婚礼仪时把它作为一种人生理想加以张扬，这从一些礼仪歌谣中可以见出。如流传于歙县的一首《开面歌》中唱道：

> 一线金，二线银，
>
> 三线做夫人，四线事事如意，
>
> 五线五子登科，六线六六大顺，
>
> 七线七仙美貌，八线八仙重寿，
>
> 九线九子十三孙，十线十足俱好。
>
> 好、好、好，白头偕老，
>
> 喜、喜、喜，夫妇齐眉。

在对将要成婚的徽州姑娘进行开面的仪式时就包含了"五子登科"的美好祝愿。

在流传于歙县的《接房歌》中有一节这样唱道：

> 手拿红灯亮厅堂，相请新娘新郎出（啊）洞房。
>
> 辉煌花烛堂前亮（啊），大家出来个来贺房。
>
> 大登科名标金榜，小登科那就花烛（啊）洞房。
>
> 甘罗十二（格）为丞相，戴忠十四状元郎。
>
> 朱买臣五十当富贵（啊），姜太公八十遇文王。
>
> 老彭祖八百多年福寿长，猕猴精长生不老万年青。

这里把"大登科名标金榜，小登科那就花烛洞房"与历史上的人物相映衬，以揭示其中的某种必然性，从而把它作为一种符合事物发展规律来追求。

同是流传于歙县的《送新人进房》中的一节：

> 好男生五个，好女生一双。
>
> 五男并二女，七子共团圆。
>
> 三个做宰相，两个中状元。

这里的"三个做宰相，两个中状元"看来是不无夸张的游戏之词，但在徽州本土却是可以找到现实根据的，如前述的"一门八进士"、"同胞翰林"、"一镇四状元"等，就是做丞相的也代不乏人，所以这是对理想的一种升华和概括，具有鼓舞人心的重要作用。

还有流传于歙县的《撒帐东南西北中》有"生下孩儿做国公"、"生下孩童做高官"、"产下孩儿穿紫衣"、"产下孩儿做相国"、"产下孩儿立大功"、"生下五男并二女，赛过唐朝郭子仪"、"产下儿女做同知"等语句，更是典型地传达了徽州人对于下一代的殷殷期盼。如此强烈的美好愿望，又怎能不激发后人去努力拼搏呢？

还有流传于歙县的《传代》：

> 一代长命富贵，二代金玉满堂，
>
> 三代三元及第，四代事事如意，
>
> 五代五子登科，六代六国丞相，
>
> 七代七子团圆，八代八仙庆寿，
>
> 九代九子十三孙，十代荣华富贵万万年，
>
> 十一代当朝拜相，十二代两国封王，
>
> 十三代三星拱照，十四代四海名扬，
>
> 十五代五枝丹桂，十六代六部佳丞，
>
> 十七代七夕相会，十八代荀叔八龙，
>
> 十九代九世同居，二十代果是文王，
>
> 二十一代前有高头双星进宝，二十二代得职双榜状元郎，

二十三代甘罗十三为丞相，二十四代太公八十遇文王，

二十五代相送月里嫦娥女，二十六代平贵里外两封干，

二十七代彭祖公公八百岁，二十八代杨老婆婆万万春，

二十九代多福多寿多贵子，三十代全这家福禄大团圆。

传代传进房，百子千孙闹洋洋，

双产麒麟来送子，多生贵子状元郎。

百代百子千孙闹洋洋，千代发脉多开族，

万代各支各派赏英豪。

人生代代无穷已，徽州人把对读书博取功名的追求作为一个长远的事业来追求，即使一代不行，还有下一代，永远不得放弃。正是在这样的一些民间歌谣所体现出的追求重视读书而又博取功名的教育观念的鼓荡下，徽州大地上才出现了"十户之村，不废诵读"的良好读书风气，才出现了"一门八进士"、"两朝十举人"、"连科三殿撰，十里四翰林"等科举佳话，才出现了各类人才雨后春笋般涌现的群星璀璨的局面，从而铸就了徽州文化的勃兴，成为古代华夏一道光彩夺目的风景线。

当然，在徽州不只是民间歌谣具有追求重视读书而又博取功名的教育观念，如流传着的"娇子不娇书，娇书变养猪"、"三代不读书，好比一窝猪"、"穷不丢猪，富不去书"等俗语，以及在今日西递古民居仍能见到的"几百年人家无非积善，第一等好事只是读书"、"欲高门第须为善，要好儿孙必读书"、"二字箴言惟勤惟俭，两条正路曰读曰耕"和"读书好营商好效好便好，创业难守成难知难不难"等对联也同样具有这种美好的思想观念和积极的教育作用。但所有这些无疑以民间歌谣的影响力为最大，因为民间歌谣在思想的传播上往往赋予一种情境，使它更具体也更形象，因而也更具魅力。民间歌谣对徽州人的重视读书而又博取功名的观念的形成、强化与实践起了最直接的推动作用。

当然，徽州人重视读书和科举，也与徽州地方书院的着重培育和徽

商的大力扶持有着十分密切的关系。

明清时期，官学已经成了科举考试的附庸。书院虽发端于私学，但也同样走上了官学化的道路，科举教育色彩非常浓郁。徽州书院有过之而无不及，在书院里制订了一整套严格的课艺制度。但徽州书院又把传统的讲会制度与课艺结合起来，既提高了徽州学子的学术水平，又满足了他们应举入仕的现实需要，从而为徽州培养了大量封建人才。

徽商对士子科举的扶持与资助是多方面的。据研究，首先，徽商竭力兴办文会，为士子应考前研讨、切磋制艺提供条件。其次，捐输科举资费，为应考士子提供经济保障。第三，捐建考棚、试院和试馆、会馆，为应考士子提供后勤保障。正是徽商为徽州士子应考提供了坚实的经济基础，才使得他们在科举土壤里脱颖而出，使徽州成了创造封建科举人才奇迹的一方圣土！

虽然中国封建科举制度在历史的发展中有它的局限性，但它毕竟对中国的历史发展起过不可否认的作用。历史上徽州经济和文化的发展，从一定意义上说就是中国封建科举制度拉动的产物，因为人才在这里起着至关重要的作用。这一点，我们完全可以从昌溪这一古村落的历史发展中得到见证。

昌溪小学

四、书香之乡才人出

　　一走进离昌溪村口不远的昌溪学校，一下子就被那琅琅书声所吸引。徜徉其间，绿意盎然，古木荟天，学风纯正，让人顿然感到古村文化教育气息的浓郁，文化教育传统的深厚。在这所9年一贯制学校，共有9个年级17个班850名学生，呈现出一派兴旺发达景象。由此不得不令人想到重视教育的吴氏先祖。

　　昌溪有重视教育的良好传统，这种传统凝结在以下几方面：

　　一是资金上支持。

　　在历史上，昌溪人经商取得成功后都有为族中子弟提供求学资金的传统。如昌溪二十二世孙吴永厚，经商成功后即置膏火之用，以培植子孙读书，有游庠而不费业的，每年给以经济资助。吴景松与弟景恒不但兴修和恢复祠祀，而且典设义学，使穷人免费读书。吴炽甫热心家乡事业，多次资助昌溪复兴小学，使学校越办越好。

二是思想上劝勉。

昌溪人对教育有切己的认识，始终把读书成才作为自身发展的重要途径。如昌溪二十一世吴弘律，他每开卷有得，欣然曰："子孙虽愚，经书不可不读。"太淑人抱子立于旁，辄指而叹曰："术者谓吾难越三十五，使诚然，吾不及见儿之立也。后当以读书为业，长为吾告之。"由此可知他心中的最大愿望是子女能够以读书为业。而资政大夫吴大冀为村中祠堂所撰的联语"传家惟有十三经读过无忘便为佳子弟，插架何须千万卷用来恰当即是好文章"更是深入人心，成了昌溪人的普遍认识和追求。

三是建立受教场所。

昌溪人建立的受教场所是非常独特的，他们往往在自己家中建立种种书屋，以供子弟学习，因而出现了一种"书屋"现象。如：

吴大冀构建的"梅花书屋"。他幼履丰厚，无纨绮之习，读书喜观大略，于廿四史年必翻阅终卷。他以教子读书为务，在住宅的东南隅构建了"梅花书屋"，作为家塾，并自制联语劝勉。又请汪太史兰畲颜其轩："诵芬"。意思就是能使子弟诵此清芬，异日为通儒、为良吏，而不是像世俗那样专为科名而读书。

吴大楠构建的"杏花书屋"。他性情淡泊，不求仕进，教子以读书为务，曾经特建"杏花书屋"作为子孙读书处。

吴广麓构建的"一梅书屋"。他曾经认为世代富裕之家，只有特别聪明的人才能懂得稼穑之艰难，而培养的人则以中等才能的为多数，如果不教之以读书，他们没有不习惯于做纨绮子弟的。他曾经思考在河干建立书塾，并拟其额名："梅花书屋"。只是因后来世道动乱，而未能如愿以偿，使他常常引以为憾事。后来将太夫人所遗留下来的产业所得的利润，作为膏火之资，以使后人能尽其学业。

四是创建了极富特色的昌溪复兴小学。

在这个以吴姓氏族聚居的古村里，以前曾开办有国立、私立小学二三所，其教学内容、课程设计、师资设备参差悬殊，极不统一。其中更为突出的问题是，这些学校都拒蓬门荜户的子女于门外，这是有违昌溪人的历史传统的。

1934年，由著名教育家吴承仕与在京的徽商吴良臣商议，在故乡昌溪开办一所新型学校，名为"歙县私立复兴小学"，得到积极响应。吴良臣凭借自己在北京、福建、屯溪和乡里均有产业的实力，积极筹建昌溪复兴小学。学校校址就设在村中的"吴氏员公支祠"内，聘请具有一定文化水准的有识之士10多人为教师，一开始学生就达100多人，后与日俱增。一至六年级灵活机动地编成单班、复式班进行授课。学校对那些蓬门荜户的子女，一律免除学费；品学兼优者，还资助到他们读中学，因而深孚众望。不久又使原来已有的几所学校合并为一。学校设备齐全，每个教室都有风琴、挂钟、痰盂等，学生均有校服，学校开办有图书馆。由于吴良臣受到陶行知教育思想影响，在学校中实践陶行知教、学、做合一思想，取得了喜人成绩，并使学校成为抗日战争中一个秘密联络处、宣传站，使校内孕育的桃李遍及全国各地。他既是商界名人，又是家乡开垦教育的先驱。

古 巷

吴承仕为筹建和发展复兴小学做出了自己的特殊贡献。他不但在复兴小学开学时，专门从北京回到家乡表示祝贺，还特地为学校书写了"周官礼教商三务，管子经成国四维"的对联，作了"奔风尘分奔风尘，中华男女大有人，以遵尊严育栋梁，复兴山河为我崇……"的校歌，而且在学校图书匮乏的情况下，与承侃、承传兄弟二人分别馈赠"小学生文库"、"小朋友文库"、"初中文库"等成套书籍。后来在北京又凭借他"都人得其片楮皆珍如拱璧"所具有的"书圣"之誉，破除平日从不轻易出手的习惯，不遗余力地利用早晚空隙奋笔疾书，写了上百幅楹联寄赠家乡复兴小学，用以出售作为捐贷。学校为了表达对他的敬意，特地把他亲书的一幅楹联和他当时的一幅肖像照片，挂在学校图书室里作为纪念，并把图书室命名为吴承仕图书室。

由于历代昌溪人特别重视教育，使得昌溪文风馥郁，人才辈出，为国家和地方培养了大量人才。

我们难以忘记昌溪历史上如下的社会活动家：

官至承德郎的吴仕昭（1353—1389），字仁师，号清隐道人，昌溪九世。明洪武初为府学持敬斋生员，1384年入南京国子监，1385年京闱中郎贡，钦选进士，擢授承直郎，任刑部主事。1389年升授承德郎。

官至朝议大夫的吴大冀（1769—1816），名玉堂、字伯野、号云海。自幼聪敏，历任兵部武库清吏司主事，陛授兵部员外郎，朝议大夫。

歙县第一任县长吴恩绶（1867—1937），名绍绶，字印庭。1901年与子吴承仕同科取仕。民国元年被公举为歙县第一任县长。因淡泊宦途，后挂印往京城主持"徽州会馆"，并持祖业，教子读书，行善事。

国民政府最高法院推事吴承侃（1889—1960），名大敬，字希亮，承仕胞弟。京师政法学堂毕业，曾任南京国民政府最高法院推事。建国初任中央文史馆馆员。他布衣粗袜，俭朴博学，为官清廉。

休宁县第一任县长吴若兵，名淑林，绩溪孔灵农校毕业，在校入青年团，后参加革命，为皖浙支队司令员唐晖下属，与副司令员程灿一起开创皖南游击队，任歙南敌后武工队队长。解放后任休宁县第一任县长，后任军校领导。

同盟会成员吴志青（1887—1951），9岁入金箔铺学艺，后考入杭州巡警学堂，不久入上海体操学校，参加同盟会。1911年，任浙江平湖乡团及守望团司令兼教练。响应武昌起义，参与光复上海战斗，领兵光复浏河和平湖。1918年与人在上海筹建中华武侠会（后改中华武术会），倡导德、智、体、美四育齐全。1922年创办社会童子军和暑期体育学校，当选为体育研究会会长。孙中山勉以"努力进展以培养革命势力之组合"，又为武术会题写"尚武楼"匾。1924年随孙中山北上参加国民革命军，任第五军参议兼武术总教练等职。后任中国国术馆教务处副主任等多职。抗战爆发后，虽皈依佛教，仍出任军事委员会西南进出口物资运输总经理处视察，去各地组织军运。1942年任西南联大体育教授，后专事著述。

全国总高级步校政治部主任吴淑泉，早期参加革命，南下干部，参与国共合作，解放初任南京全国总高级步校政治部主任。

我们难以忘记昌溪历史上以下的教育家：

吴承仕（1884—1939），名大旺，字检斋。24岁时在举贡会考时取一等第一名，钦点为大理院主事。1912年改任司法部金事。1927年闻张作霖绞杀李大钊而愤然辞官，从此绝意仕途，从事教育。历任中国大学、北京师范大学、北京大学、东北大学国学系（或国文系）主任，不仅是名闻国内的经学大师，而且追求马列主义真理，1936年春加入中国共产党。北京沦陷后被敌人列入黑名单，后于1939年9月21日不幸病逝。次年延安各界召开大会悼念。

吴良臣，商贾出身，受陶行知教育思想影响，筹建昌溪复兴小学，使之成为实践陶行知教、学、做合一思想的典范，为昌溪教育的发展做出了重要贡献。

九子巷

吴志青，除了参加同盟会，从事反清等革命活动以外，还是投身体育事业的教育家。曾受聘任南京市第四师范学校，江苏第一工业、第一农业、上海民主中学等校体育主任，上海青年会国术指导等职，1942年任西南联大体育教授，后专事著述，有《国术理论概要》、《弹腿国术教范》、《查拳图论》、《七星剑图说》、《三路炮拳》和《螳螂腿》等23种著作出版，还有手稿3种，并曾主编《新体育》、《中国近代体育史》和《体育时报》，为我国的体育事业的发展做出了积极贡献。

我们难以忘记昌溪历史上以下的科学家：

吴鸿适，出生于1922年，教授。中共党员。1942年毕业于重庆中央大学电机系，1946年获美国密西根大学研究院硕士学位，1951年获美国伊利诺大学博士学位。历任中央大学助教、美国RCA公司研究工程师、大连工学院教授、解放军通讯工程学院教授、机械电子部真空电子学研究所高级工程师、西安电子科技大学教授、博士生导师，曾任电子工业出版社总编。曾领导并指导有关国家远程预警、导弹和卫星遥测跟踪以及电子对抗有关的微波电子管的设计、试制、测试和理论研究等。

吴葆桢（1931—1992），教授。1955年北京协和医学院毕业，随即在林巧稚指导下对胎儿吸引器等课题进行研究，后又投入口服避孕药的临床实验研究，并被林巧稚选为接班人，接任北京协和医院妇产科主任。他是"绒癌研究课题"的主要成员，该研究成果获 1985 年国家科技进步一等奖和 1989 年陈嘉庚医学奖。致力于卵巢癌的研究，开展卵巢痛根治性手术，并揭示了淋巴转移的规律，获 1988 年卫生部乙级成果奖和 1991年国家科技进步二等奖。他还获 1991 年卫生部部级有突出贡献的科技专家称号，并获国务院特殊津贴。

我们难以忘记昌溪历史上以下的文学家：

吴仕昭，除前述作为社会活动家以外，他还是昌溪历史上最早留下文学作品的人，他的诗作被家谱收录在《集遗录》中被世代相传，而整部《集遗录》又主要都是吴仕昭生前与文人雅士的唱和之作。这部《集遗录》是家谱中的精彩篇章，不但体现了昌溪人的文学创造功力，也大大提升了昌溪吴氏家谱的品位。

吴承传（1894—1974），名大润，字雪斋，号羽白，承仕胞弟，曾任国民政府军医署上校军医。能文善诗，曾发表《红楼梦》研究文章 20 余篇。写有小说《一斤先飞》等，诗歌《昌溪六景诗》等。

吴云森，笔名江枫，武林领袖吴志青之子，著名翻译家，系我国对雪莱、狄金森、斯特朗、史沫特莱等著作的权威翻译之一。与路易斯·斯特朗、史沫特莱等国际友人感情甚笃。1997 年获国际翻译奖。

我们难以忘记昌溪历史上以下的书画家：

吴大冀（1769—1818），虽为官，但具有艺术风情，擅长绘画。有一件雅事很可以看出他的个性。原来在他北京寓所院内有一株白桃树，高四丈，枝叶繁茂，荫地二亩多。有一年于桃花盛开之际，大冀约好友阮元、法式善、马履泰、李宗潮、汪梅鼎等名士，于桃树下同饮。席间，逸性腾飞，黄山人黄均即席为之作《桃花书屋图》，传为美谈。后来大冀即延请高手摹刻上石，按所绘之图，附名家题咏 21 篇及自跋，依地支顺序排列，成 12 方石刻，石宽 100—105 厘米不等。质坚而美，镌刻精致，图文并茂。《桃花书屋图》及题咏 21 篇等刻石，现藏歙县新安碑园。

吴鸿勋，字子嘉，号心兰，清举人。吴淑娟父。曾为曾国藩幕僚。善画竹、兰，笔意秀韵，亦工书。《三希堂画宝》收录竹图多幅。

吴淑娟（1853—1930），女，字杏芬。随父居上海，秉家学，工山水、人物、花鸟、虫鱼。性喜游历，探胜觅奇，即景为画。1881 年作《百花图》，得吴昌硕等人题跋。1910 年在罗马国际博览会上被誉为"当代大手笔"。主要作品有《吟华阁画稿》、《十八省名胜》、《西湖图》、《黄山图》等。安徽省博物馆收藏有《松鹤》立轴。第一次世界大战期间，她曾将佳作 10 余幅义卖，得款 1000 余元悉数捐赠国际红十字会。1920 年我国西南大荒，她慷慨向湖北义赈会以画捐助。另著有《杏芬老人遗集》等。

吴介，又名李寿仙，吴大冀孙。清代著名画家。擅花卉，兼长兰竹，为赵㧑叔所称。安徽省博物馆藏有墨兰、竹石多幅。

吴清望，字荣滋，居姑苏，曾任昆山知县。擅楷书，与善行书的余觉善、精篆书的蒋吟秋并称"吴门三俊杰"。1931 年苏州画界组织书画赈灾义卖，吴门三俊与后起之秀吴进贤合作的四条幅被称为"珠联璧合，艺苑珍品"。他们也被誉为"吴门新四杰"。

吴祖祯，号虚谷，清代画家。善山水、花卉，工书法。

吴善长，号勘若，字逸滨。安徽省文史馆馆员，善画山水，工楷书。爱收藏，家藏万卷诗书和文物，不幸"文革"含冤身亡。

吴麟润、吴六皆、吴叶根、吴鹤书，均为书香门第出身，书画并佳。麟润善画竹；六皆擅花卉鱼鸟、篆刻；鹤书山水、花卉均佳；叶根不仅善画人物、山水，还是民间艺人，昌溪灯会之灯和舞狮之狮多为他指点创作，饮誉歙南。

吴进贤（1902—1998），字寒秋，13 岁到常熟学典当，后由乡人资助，毕业于苏州晏成中学。后考入南京金陵大学。两年后因家贫辍学，

木雕

在苏州处馆。课余钻研古典文学词章和临摹碑帖，曾临《张迁碑》100遍。上世纪30年代初就享有"当今艺林无不许为传品"的赞誉。用笔苍劲沉着，用墨润枯适度，点画扎实稳健，结体生动有姿，自成沉雄拙厚、生涩凝练的艺术风格，被推为苏州隶书第一。为苏州各大园林书碑匾楹联甚多。隶书毛泽东诗词37首，由著名篆刻家刻印成帖出版。善诗，出版有《嘘寒集》。爱昆剧，能谱曲填词，自编自演，是苏州市昆曲研习社的创办人之一。为中国书法协会会员，苏州市文联艺术指导委员会委员。

我们还难以忘记在昌溪历史上的著名徽商吴永厚、吴亦炜、吴炽甫、吴启琳、周友仲、周忠良等，是他们在商业领域的积极开垦，不但赢得了大量物质财富，而且也为昌溪历史谱写了崭新篇章，赢得了世人的高度赞誉。

正是由于昌溪自古以来重视教育，才拥有了如此众多才俊，从而带来了昌溪村的全面勃兴。一个国家的发展没有人才是不可想象的，一个古村的发展没有人才也同样是不可想象的。可以说，正是昌溪人才辈出，才使得昌溪古村这盘棋给真正下活了。

说到昌溪人对文化的重视，那是有口皆碑的。我们在这里还可以从族谱中拿一个例子来说说。

在昌溪吴氏族谱中，我们可以发现收入有一部非常醒目的《集遗录》。而这一《集遗录》能通过族谱保存和流传下来，却是经历了一番曲折的。

原来《集遗录》中所保存的是昌溪九世吴仕昭出仕前与一些文人雅士的唱和之作，共有诗歌50余首，文多篇，极其珍贵。这些作品本是仕昭自己保存下来的，但由于遭遇了官场变故，以至于散佚。正如同郡祁阊的李义在《集遗录》序中所说："奈何世远人湮，家罹回禄，皆煨烬之，余十存一二，残编蠹简，中视之为糊窗蔽隙，不甚顾惜也。"好在裔孙吴准"适见潇湘之图于西山之旂，……由是广询博访，搜幽剔隐，复获希濂

之卷、清隐之图于伯氏之家，不啻连城尺璧，如赐百朋也。然历年已久，多为风雨虫鼠之所毁伤，不免字迹磨灭，亥豕不辨，又就有道而正其缺略，模录成帙"。嗣孙吴准《希濂卷记》记写此中过程："无如历年既久，则颇残缺失次。余生也晚，未尝不为之太息也。噫，石鼓之文尚亦有缺，况兹非金石之质者耶夫？百世之下将欲深探作者之本意，即其子以求其情，即其情以求其道，于其道之所同者会而通之，则庶几也，讵可以文害辞、以辞害意哉？先世遗文必征诸其子孙，而残缺若此，可胜悼哉！于是劳心焦思，广询博访，求什一于千百，疑者阙之，存者订之，用绘厥图，以冠其上，并为之记以传焉。"并续歌识《清隐图》本末，诗曰：

伯翁来我岁庚辰，手携清隐云避名。

东园妙手本好事，十日始为留其真。

置之草屋乐丘阿，忽有访戴来相过。

壶天山水参差是，才士睥睨相吟哦。

自从殂落委尘垢，虫鼠蠹啮成断朽。

烟迷雾断尺幅中，谁复珍惜摩以手。

旧闻此图今见之，珠璧灿烂腾蛟螭。

毕方肆雪失纸本，真迹神物为呵持。

锦屏山水开新榭，未及此图多光价。

沉吟重惜意蹉跎，漫作狂歌声上下。

　　由于吴氏后人的及时抢救和保存，让我们拥有了这份有关昌溪古人最早的文学遗产，不但让我们从此知道了仕昭能在因谏言遭谴时仍不顾生命危险而复对的根本原因，是由他所固有的品格及价值取向所决定的。不但如此，还让我们对昌溪古人的文学才情有了直接认识。《集遗录》，为认识昌溪古人的又一不可多得的窗口。

　　试想，要不是昌溪人有着重视文化的良好传统和历史责任感以及对宗族的深厚感情，是不可能去四处寻觅它的。即使寻觅到了，也不一定就能通过宗谱保存下来；而昌溪人却实实在在地把它留传到了今天。这难道不是非常难能可贵的吗？这难道不是值得珍惜和感动的吗？有着如此热爱昌溪古文化的人们，昌溪能不在各个时代得到长足发展吗？

　　从昌溪学校出来，琅琅书声在耳际经久不散，让人感到了新时代的昌溪人的新希望：就在这所乡间学校里，你能说不会产生新的吴承仕们、吴淑娟们和吴炽甫们吗？！

昌溪村墙

五、环保消防两相和

环保与消防让人感觉好像是现时代才有的话题，其实在古人的思想深处早就有了它们的根芽，并且有着丰富的实践。环保与消防问题在昌溪人那里也是如此。它们在昌溪人的生活中是互相应和的，是得到特别重视的。只不过它们在昌溪人这里有自己的体现方式罢了。

"'三眼井'、'七眼塘'，到处都是好姑娘"

这是流传在昌溪的一句歌谣。这一歌谣把井和塘与人联系在一起，说明了它们之间的密不可分的关系，又特别强调了井和塘对人的美好作用。就像"一方水土养一方人"的俗语一样，"三眼井"、"七眼塘"养育了昌溪的姑娘，使昌溪的姑娘一个个出落得健康、聪慧和漂亮。为什么拿姑娘来

沧山源水池

说呢? 这是由于从姑娘身上更可以看出一定水质对人的影响。从这里让我们知道,昌溪的山泉的确是非常滋润人的。这一歌谣折射出昌溪人对家乡水的由衷喜爱和赞美。

当然,这里的"三眼井"、"七眼塘"只是昌溪众多井、塘和坑的代表,其实昌溪的这些井、塘和坑构成的系统,就像世界文化遗产地——宏村的牛形系统一样,具有调节村中湿度和温差的小气候作用,使得整个山村温差长年保持在一个相对稳定与和谐的状态,使生活在其中的人非常快适和舒坦。

由于井、塘和坑构成的系统非常科学,也便于人们日常生活,不但使昌溪人能够随时享用清洌甘甜的山泉,又便于人们日常清洁环境和废水的排泄,客观上又使昌溪的环境显得非常清洁美观,还为家庭消防和古建消防提供了便利条件。

昌溪人为构筑一个符合环保要求的生活环境,是用心良苦的。

昌溪河绕村而过,昌溪人为什么不取用河水而要偏偏利用山泉呢? 这是由于在客观上昌溪堤岸与河水水面落差有十几米,把河水用作生活、消防用水有诸多不便。作为饮用水,河水难免有污染;作为消防用水,又有远水解不了近火之忧。为此,昌溪古人巧妙地利用发源于村后朱岗岭、积毛岭、安岭山谷中的三条溪坑,营建村落水源大塘坑溪水、小塘坑溪水、洋圩头坑溪水。并从岭脚起,就对溪坑进行加宽改造,坑两旁用石砌起护堤,以使水土不流失,并在村外溪坑边上开挖水塘蓄水防火。3 条溪坑上游共建有 26 眼水塘。水塘面积依地形而异,大小不等,小的半亩,大的四五亩。

上述设施不仅为昌溪人的日常生活提供了方便,而且为消防提供了保障,为优化昌溪环境起了很大作用。大塘坑、小塘坑、洋圩头坑和七眼塘、三眼井等不只是地理名称概念,而且是昌溪的文化概念,古村落的文明概念。

　　为了实现村中环保，村民还建立了一座十分标致的村墙。通常我们只知道有护城墙，哪里知道有什么护村墙？真是难能可贵的创造！这座村墙位于村北谷口。之所以在此处设立村墙，是由于这里长年北风很大，附近居民深受其害，而且由于这里翻过山冈便直达公路，过去盗寇常由此而入，有安全之患。为了防风，也为了防盗，1935 年昌溪人自发地有钱出钱、有力出力，自行修筑了一道长 21 米，高 5.36 米，宽 2.8 米的护村墙。墙上开有墙门，门洞宽 1.8 米，高 3.18 米。洞门上一面有"众志成城"、一面有"叠石作障"碑刻，为村董事、书法家静纯所书，至今清晰可见。墙顶栽上茂密的四季竹，不但用于强化墙体，而且还起着美化作用。自此以后，没有了风灾，也没有了盗患，周围百姓安居乐业，并成为一道不可多得的乡村风景。

　　昌溪人在建造祠堂、庙宇和住宅时，不但引进堪舆学说，使建筑不但注意朝向、间距，而且有特别的采光、通风效果，使人非常舒适，显得非常环保。

"宁可三餐无食，火不可一日不防"

　　这是昌溪人对消防的朴素而又执著的认识，表现了昌溪人对消防的认识已经进入到了一个非常自觉的境界。

　　昌溪人为什么对消防会有如此高度自觉的认识？这是由历史的教训带来的。

　　据昌溪《太湖吴氏宗谱》旧序记载，元代中期兴建的"太湖祠"，在未竣工之时就遭遇火灾，损失惨重。建于元代的社稷坛龙王庙，在历史上也曾毁于火灾。这些火灾，给昌溪人留下了不可磨灭的记忆，使吴氏先祖深感防范火灾的重要。因而后来他们在村落总体布局、水源建设、建筑防火、防火宣传、消防组织等方面都精心筹划，形成了完善的防范体系，并留下了令人警醒的千古遗训。千百年来，吴氏后裔遵循防火祖训，一刻也没有放松过。"火不可一日不防"，已成为昌溪人的优良传统。昌溪人的消防传统是看得见、摸得着的，而且是全方位的。

我们不能不说昌溪村的消防措施是非常完备的。

首先是他们特别重视室外水源建设。

在昌溪用于消防的有 3 条溪坑和 26 眼塘，并有古井数十口。它们构成了一个完整的水系，令人瞩目。

大塘坑发源于村北朱岗岭山谷，在其上游建有 7 眼古水塘和 4 眼新水塘，从村北入村。它沿村穿街过巷有一华里多长。大塘坑进村后，基本上沿着前街、后街由北向南穿街过巷，有的穿过道路，有的穿过祠庙，有的穿过民居。溪坑时露时隐，露天部分，坑边建有阶梯，便于取水救火及人们生活洗刷。大塘坑水在龙关古拱桥处与小塘坑水汇合，再经人工改造为"S"型，到达忠烈庙,当地人称"八相公宝带"，最后流向昌溪河。该溪水长年川流不息，为周边及太湖祠、忠烈庙的防火提供了充足的水源。

小塘坑源自村西北积毛岭山坞一股山泉与附近另几股泉水汇集而成，古人将其修渠入村，俗称小塘坑。在其上游也建有 7 眼古水塘。它流经村西北长达一华里多的巷道宅旁，与来自村西安岭脚下的一股溪水在"杨伍头"汇集后，流经古庙北边与大塘坑汇集绕庙坦及街心公园一周后注入昌溪河。流经庙坦一段名"庙坦坑"，因是集三股龙脉之水而成，沿途弯弯绕绕，极尽曲折。与大塘坑一样，进村后基本上沿着前街、后街由北向南穿街过巷。在龙关古拱桥处与大塘坑水汇合，以"S"型到达忠烈庙，最后流向昌溪河。

洋圩头坑发源于安岭山谷，上游建有 8 眼古水塘。洋圩头坑从西面进村，溪水进村前一分为二，一条到村中与小塘坑在洋圩头水井附近汇合，另一条从村后折向南流向荷花塘。

昌溪"三眼井"

　　这 3 大坑溪便构成了村落的消防水源的主干。

　　除此以外，不能不提到为消防作出重要贡献的"七眼塘"和"三眼井"。

　　"七眼塘"位于昌溪村北朱岗岭下，两山夹一坞，水流充沛，水质清纯。古人在此建了连片的 7 口塘。塘水保持一定深度，超过水位后的水流便自然排入塘边小溪，小溪名大塘坑。"七眼塘"是昌溪人专为防火而挖的，当然同时也可用于养殖。

　　"三眼井"建于唐代，是徽州 12 古井之一。这里原是青山翠绿、鸟语花香的木竹坞，地下水充沛。当时此处多为叶姓，应明公之子葬在山脚下，后人丁繁衍，故掘井取水，起名"思古井"。此后由于该井水质优良，吸引了许多居民在此建房，为此拓宽的井圈直径达 4.2 尺，为便于多人同时取水和救火应急取水，故用大青石板覆盖，架设了 3 个直径分别为 2.4 尺、2.3 尺、2.2 尺的井圈，深度仅 8 尺 4 寸，但水量多而流速快。人们也在其井台上洗衣物，用过的水经暗道直通员公支祠前的荷花塘。塘内种荷花、养鱼，不仅点缀了景色，调节了环境，而且是周围一带的防火水源。塘闸一开，外水经暗沟直注村中小溪，经庙坦入注昌溪河，为此塘周围的承恩堂、安礼堂、怀远堂、荣公所和员公支祠的防火提供了便利。

这样充足、方便的水源，无疑在扑救火灾、保障全村安全中发挥重要作用。

除了重视室外水源建设外，昌溪人还特别重视室内水源建设和建筑本身的防火功能建构。

在昌溪的许多祠堂、民居的天井明堂里，一般放置有对称的一对大水缸，称镇宅缸或千斤缸，既储备消防水源，又可养鱼观赏，还可调节室内小环境。在昌溪的一幢建筑的明堂内还同时放置两只千斤大水缸，非常引人注目。其他地方一般只置放一只，很少置放两只千斤水缸的。世界文化遗产地西递村，虽然有在一个明堂里放置两只石水缸的，但水缸的容量没有这里的大。见着这样的水缸，就让人有一种特别的安全之感，一有火患，是完全能够随时将它浇灭在苗头之时的。

在昌溪，祠堂内部一般都有水池或者水井，有的两者兼有，如太湖祠就塘、池、井齐全，这就加大了防火安全系数。还有的在单体民居的院内也建有池塘和水井，同样也能应付不时之需。

由于古代砖木结构的建筑容易起火，在预防措施上除了建立内外水源外，还要在建筑本身构筑起防火的功能，并且不但要防内部火患，而且还要防外来火患。昌溪古民居建筑防火已采取多种措施，从现存的明、清及民国时期建的民居、祠堂、庙宇等建筑看，均有封火墙；大户建筑群或大房子还有太平门和火巷；有些房屋的楼板上铺砖防火；厨房柴灶上方砌有圆拱形的挡火墙，等等。

昌溪人对防火宣传也很重视。他们在一些古民居内许多地方都贴有

古民居

防火宣传标语，如在楼梯处贴有"小心火烛"、"洋油、烟筒、火，一概不准上楼"等警示性标语，字体非常醒目。而像"宁可三餐无食，火不可一日不防"的俗语，更是昌溪人防火宣传的经典话语，具有深入人心的警示力量。

昌溪人自然认识到，在其他条件具备的情况下，没有一定的防火设备也是不行的。昌溪人通过本村徽商资助的办法解决消防设备问题。现存于员公支祠的一台水龙，就是清朝末年由昌溪徽商在上海购买后从水路新安江运回昌溪的。解放初在昌溪就有新老水龙各一台，水带300米，警报器一个，水枪15支，消防桶100只，安全帽20顶，钗、铲、刀、斧、锯等破拆工具多件，登高梯两部。为便于取水，有的大建筑群如福安堂等还自备水枪，一些特殊的建筑群还自备有杠杆式小型压力抽水机等。

就是具有传统防火意识的现代的昌溪人，也同样具有现代的消防眼光。1997年自筹17万元资金安装自来水时，在继续利用山泉的同时，昌

76

溪人就想到了不能缺少现代"水龙"——消火栓。他们利用村后两条山沟的涓涓细流汇集一处，建造了一座50立方米的封闭水池，蓄积山泉水。水池与村落主要居住区落差达500多米，从水池引出两条直径50毫米主水管进村，支管通到家家户户，就变成了真正的自来水，既满足了日常饮用的需要，又可作防火水源。他们不仅如此，而且还挤出资金，在村落的主要街道如前街、后街等，主要建筑如员公祠、太湖祠等附近安装消火栓。每个消火栓之间的间距为50—100米。消火栓头采用的是直径50毫米的单头栓，每个消火栓都砌有方形水泥栓池，上覆水泥盖板。发生火灾时，打开盖板接上水带，水枪即可灭火；水头可达三层楼高，可以满足一般灭火需要。山野乡村有如此的认识和举措，体现了昌溪人在防火灭火方面的富于远见。

为了把防火落到实处，昌溪还在民间成立了消防组织——救火会。这个救火会成立于清朝末年。救火会里的人员都是义务的，自愿加入，定期开展训练，熟练使用灭火器具，分工到人，明确岗位职责。只要听到警报，救火会成员几分钟之内就能集中到存放救火器具的场所，各司其职，迅速奔赴火场。救火会的装备费用由昌溪的徽商资助。有了这训练有素、装备精良的救火队伍，昌溪的火魔望而却步，往往一冒烟就被控制了，把火灾消灭在始发阶段。

鉴于昌溪古老建筑大多岌岌可危，有随时被拆除或倒塌或遭火患的可能，有着深厚文化底蕴的昌溪人成立了"兴昌联谊会"，后改名为"歙县昌溪乡古村落保护委员会"，简称"古保会"。它的宗旨是保护修复古文物，弘扬传统古文化，创造旅游好环境，造福昌溪老百姓。昌溪"古保会"在保护古文物过程中，既重视消防工作，又重视对消防文物的保护，如在修复古庙时，发现老水龙主体还在，就及时移至"寿乐堂"存放；在规划保护重点文物"太湖祠"时，有计划地恢复祠前古塘工程。"古保会"还计划将用传世之宝换来的新老水龙整修，搜集散失在民间的消防器具，设立消防陈列馆，弘扬昌溪消防文化，启迪后人。

昌溪的防火成果是极为显著的，作用是巨大的。

1945年秋"宝善堂"起火，由于该房主是农家大户，植物油存放多，还存放了数箱煤油，房屋燃烧产生高温，引起油箱爆炸，火光冲天，浓烟滚滚，情况十分危急。义务消防人员接到报警后，数分钟赶到现场。他们先用水龙取祠前塘水灭火，这个水塘的水几乎被抽干了，后又派人迅奔七眼塘拔闸放水。高落差的水势只数分钟时间就把塘水送达火场附近的溪坑，源源不断地保证了火场消防用水，使火势得到有效控制，邻居房屋基本无损。1978年"思成祠"起火，如不是七眼塘备有充足的水源，古宅就会顷刻间化为灰烬。1982年12月，村中那棵千年古银杏树因小孩在树洞内玩火引起火灾，歙县公安消防队赶到后，虽有机动消防泵抽水，但因昌源河水距离太远难以抽取，最后还是通过打开古老的塘闸放水解决问题。充足的水源保证了两台消防泵始终喷出有力的水柱射向"火树"，终于把火扑灭。古老的塘、坑为新时代的消防做出了新的贡献。

自古以来卓有成效的消防系统，不但保障了昌溪人的生命安全和古建筑的安全以及众多家藏文物的安全，而且也保障了昌溪村的持续发展。

昌溪绝唱：唐伯虎四幅名画换来一台手揿消防泵

唐伯虎价值连城的四幅名画换回一台手揿消防泵，就是发生在古村昌溪的动人故事。

现存于员公支祠的一台水龙是清朝末年由昌溪的徽商资助，在上海购买后运回昌溪的。这台水龙为昌溪人民立下了汗马功劳。在1945—1953年9年间，老水龙先后扑灭过宝善堂、吴延寿屋、姚水金屋、吴荣生屋等多场大火。

由于老水龙为昌溪人服役了几十年，部件磨损，压力下降，到1955

年时不能胜任所肩负的灭火重任。当时有人提议更新水龙，但在解放初期，昌溪人在资金上有了困难，因为盛极一时的徽商已不复存在，哪来资金买新水龙？经村中方佩林、刘文斌、吴庆珊等人商议，决定将吴氏支祠"积善堂"收藏的唐伯虎的春夏秋冬四幅图轴卖掉买新水龙。商妥后，他们先请村里的著名画家吴翊滨对唐伯虎的四幅画作鉴定，经鉴定为真品后决定拿到上海卖给博物馆。为此这位画家还给在上海博物馆工作的朋友写了推荐信。为慎重起见，1957年由曾在上海经商的吴庆珊、吴宝珊二人先带一幅到上海博物馆再作一次鉴定，并顺带了解一下行情。后经鉴定确为真品后，便将剩下的三幅画一起带到上海博物馆经鉴定后出售。其中两幅品相完好的以500元一幅作价，另两幅有些破损的以每幅300元作价，合计以1600元卖给了上海博物馆。然后他们用600元买回震旦铁工厂生产的一台新水龙，用600元买了警报器、水带等，余下部分捐给了昌溪业余剧团。

昌溪人为了村落的安全毅然作出非同寻常决定，将老祖宗传下来的价值连城的唐伯虎春夏秋冬四幅图轴换回一台手揿消防泵，这在后人看来是不可思议的事情，但却成了中国消防史上的一段佳话。试想 20 世纪 50 年代，国家财政很不宽裕，在各单位的经费都很拮据的情况下，上海博物馆斥资 1600 元买下这四件国宝也是一件很不容易做到的事。现在看来，上海博物馆独具慧眼，为抢救国家文物做了一件大好事，为唐伯虎的四幅图轴找到了一个最好的归宿。可以想见这四幅图轴如果留在昌溪，恐怕就难逃"文革"劫难，说不定早已湮灭无闻了。

歙县博物馆成立后，新上任的馆长对昌溪吴氏支祠收藏百余年的唐伯虎四幅图轴卖到上海博物馆，甚为惋惜。1985 年国家拨款给歙县博物馆修复几件古字画，由馆长带到上海博物馆请专家帮助修裱。馆长马上想到能否乘机让唐伯虎的四幅图轴重归故里？馆长明知难以如愿，但还是禁不住向上海博物馆负责人提了出来。家乡人对国宝的热爱之情于此可见。

这里不免有一个疑问，那就是昌溪人如何拥有唐伯虎的四幅图轴呢？这自然与徽商的经济实力和重视艺术收藏有关。据说在清末，吴氏先祖曾在上海经商，开了一家很大的当铺。一没落官僚的不肖子孙急需用钱，将这四幅画陆续典当了一大笔钱。后来由于他无力赎回，这四件传世之宝自然也就改姓吴了。这位吴老板非常喜爱唐伯虎的作品，便将其带回昌溪老家收藏。他过世后，家人怕家中收藏不安全，就转归吴氏支祠收藏，这自然就成了族中财产。由于是族中财产，就不是哪一个所能独占的，因而也就保证了能够留传后人。对吴氏支祠收藏有唐伯虎的四幅图轴，吴氏后人无不感到荣耀和自豪，经常成为他们茶余饭后的谈资。每当吴氏家门有喜庆盛典就把它拿出张挂，既表示庆祝，也表示一种对拥有的骄傲。

在民间，唐伯虎是一个家喻户晓的传奇式人物，但这个人物是一个被戏剧化的人物，与历史上的唐伯虎是有很大距离的。但以他的传闻演义成的《四才子传》、《唐伯虎点秋香》、《三笑》等小说、戏曲、影视等，一直是人民群众喜爱的题材。这在一定意义上也强化了他在世人心目中的地位。唐伯虎在历史上究竟是怎样一个人呢？

唐伯虎，名唐寅，又字子畏，号六如居士、梅花庵主、逃禅仙史。生于明成化六年（1470），死于明嘉靖二年（1523），终年54岁。吴县(今江苏省苏州市)人。在苏州画家中，他与沈周、文徵明、仇虎一起，号称"吴门四家"乃至"明四家"。与文徵明、祝允明（枝山）、徐祯卿（文长）结交，人称"吴中四才子"。明弘治十一年（1498），唐寅28岁时在应天府（今南京）参加乡试，获第一名解元，所以人称"唐解元"。翌年赴京参加全国会试，因牵涉科场舞弊案被黜为吏，从此灰心仕途，放浪山水。归家后，思想愈趋于空泛，皈依佛教，取《金刚经》中"一切有为法，如梦、幻，如泡、影，如露亦如电，应用如是观"，自号六如居士。唐寅赋性疏朗，不拘小节，颇嗜声色，流连诗酒，自称"江南第一风流才子"，并刻有此印章一方。他主要师承南宋院体画风，又加入元人绘画的逸趣，化南宋绘画的刚劲为柔和，具有苍秀的风格。他对山水、花鸟、人物和书法无所不精，属于全才型画家。他画山水，以北宋画为宗、南宋画为骨，加入元画之韵、明画之貌。他的人物画多表现以宫妓、歌妓为主的女性，技法上有线条精细的高古游丝描，设色浓重艳丽；也有线条遒劲飞舞、挥洒自如，设色淡雅。他的花鸟画则较为恣意，有时还显得有些狂野。他的作品受到时人和后人很高评价。

其实，徽州人对唐寅的感情是很深的，这不但是由于他曾到过徽州，在徽州留下过他的足迹，而且徽州人与他有过生与死的交往与联系。

那是弘治十一年（1498），"江南才子"唐寅闯进了作为礼部右侍郎的徽州人程敏政的生活。

唐寅年轻时与乡里狂生张灵整天纵酒为乐，不事学业。后受好友、书法家和文学家、吴中四才子之一的祝允明规劝，才闭户读书，后于弘治十一年（1498）举乡试第一。主持乡试的梁储称赏其文，回朝廷后还将他的文章出示给程敏政看，程敏政也很称赏。这样，唐寅的名字也就进入到了程敏政的脑海深处。

弘治十二年（1499），作为礼部右侍郎的程敏政，与礼部尚书、大学士李东阳主持会试。由于举人唐寅、徐经预先所写的作文与试题相合，有人认为徐经曾经贽见敏政，唐寅曾经从敏政乞文；又有人说，江阴富人徐经贿敏政家僮，得试题。给事中华昶以此弹劾程敏政鬻题。由此孝宗皇帝就剥夺了程敏政阅卷的权力，令李东阳会同考官核校，使得唐、徐二人卷皆不在所取中。可弹劾者仍抓住不放，一再弹劾，最终导致使程敏政与唐寅、徐经一同下狱。后来华昶以所言事不实，调南太仆主簿，程敏政出狱后被勒致仕，放归田园，唐寅则罢黜为吏。有人说程敏政之狱，是傅瀚想争夺他的职位，故使华昶弹劾敏政。这傅瀚乃天顺八年（1464）进士，与敏政同事，后官至礼部右侍郎等职。

冤案毕竟是冤案，但程敏政毕竟经历了下狱的打击，身体状况已大不如前，且积郁成疾，于当年发痈而逝，终年55岁。后赠礼部尚书。

再说唐寅谪为吏后，以耻不就，更以放浪山水来排遣郁闷之情。

说到放浪山水，唐寅曾于弘治十三年（1500）秋天，即程敏政逝世的第二年，来到程敏政家乡休宁县。也许是抱着对程敏政的敬意和愧意来寻访先人故地，以求得内心情感的平衡吧？唐寅在到程敏政故居凭吊后，还上了齐云山。并仗义帮道长汪泰元写就了《紫霄宫玄帝碑铭》一文，全文1028字，字句整齐，词藻华美。它后由新安书画名流篆额书丹，由徽州高手执锤，镌刻成高7.6米、宽1.4米的石碑，竖于其间，成为齐云山一道亮丽无比的风景。

事实上，唐寅在徽州不但写就了《紫霄宫玄帝碑铭》一文，而且还写有《齐云山纵目》诗：

摇落郊园九月余，

秋山今日始登初。

霜林着色皆成画，

雁字排空半草书。

曲蘖才交情谊厚，

孔方兄与往来疏。

塞翁得失浑无累，

胸次悠然觉静虚。

诗中透露出一种对徽州山水的热爱之情以及远离官场烦嚣、面临道山清虚的欣悦心境。

后来，唐寅回到姑苏，在阊门桃花坞内修筑了桃花庵，一人隐居其中，年54岁而卒。

两个文坛才人就这样共同演绎了一个令人感伤不已的悲情故事，这也就使唐寅的命运与徽州人有了历史的联系，也就使徽州人对他多了一分特别的情感。

由于这样的历史因缘，昌溪人对拥有唐寅的作品就更多了几分珍惜；也由于这样的历史因缘，虽然唐寅不能想到自己的作品居然能为自己造访过的程敏政家乡的消防事业作出贡献，但如果九泉有知，也一定会感到莫大的安慰吧。

说到这里，也许有人不免要好奇地进一步追问：昌溪人卖给上海博物馆的唐寅春夏秋冬图轴，究竟画了些什么？又具有怎样的艺术价值？

从现有的图片资料可以知道，唐寅的春夏秋冬四幅图轴多为他40岁以后的作品，是纵122厘米和横65厘米的绢本设色条幅。其内容为秀丽的山川与树木掩映的屋宇所构成的深邃意境，加上各赋七言诗一首，具有诗情画意的美。虽然画中春夏秋冬并未标明，但可能从画面和诗句中辨别出来。在画法上虽然还保存宋代李唐、刘松年的某些遗风，但已脱出了他的老师周臣的规范，勾画精细周密，意境悠远深邃，开拓了自己的境界，自成一派，因而具有特殊的价值。

唐寅春夏秋冬四幅图轴中所题的诗作是：

游女儿山图

女儿山头春雪消，
路傍仙杏发柔条。
心期此日同游赏，
载酒携琴过野桥。

高山奇树图

高山奇树似城南，
几坐联诗兴不餍。
一自孟韩归去后，
谁人敢把兔毫拈。

茅屋风清图

茅屋风清槐影高，
白头联坐讲离骚。
怀贤欲鼓猗兰操，
有客携琴过小桥。

雪山行旅图

寒雪朝来战朔风，
万山开遍玉芙蓉。
酒深尚觉冰生脚，
何事溪桥有客踪。

　　看了以上的介绍，当有了对唐寅春夏秋冬图轴的初步印象。当然，要看它们的真迹就要想办法到上海博物馆去看，那样自然显得真切无比，得到莫大享受。当你果真看到了这样的四幅图轴时，由于知道了它们曾与昌溪人的一个生动的消防故事相联系，你一定会有更多的感慨，自会生发出一种倍加珍惜的情感，从而深藏心中，久久怀想。

　　昌溪人为了保一村的平安，不惜放弃传世之宝去换一台消防水泵，实在是由于他们遵循祖宗"宁可三餐无食，火不可一日不防"的遗训，把防火摆在头等重要的地位的结果。如果昌溪人没有如此强烈的防火意识，是万万不会有如此选择的；如果昌溪人没有如此强有力的举措，今日的昌溪尚能保存有如此丰富的文化遗存，那是不可想象的。

　　多么可爱而又可敬的昌溪人！

燕窝山庄全景

六、燕窝山庄飞凤凰

　　行进在蜿蜒的山路上，遥望远处燕窝山庄，总觉得有一首古诗的意境与此非常相合，那就是唐代诗人杜牧的《山行》：

　　　　　　远上寒山石径斜，

　　　　　　白云生处有人家。

　　　　　　停车坐爱枫林晚，

　　　　　　霜叶红于二月花。

　　只是眼前一时不能见到枫林，不然的话，那真是对眼前景象的活生生写照了。虽然如此，但还是能够在这里实现对山庄之美和诗境之美的双层捕捉，从而进入一个全新的审美世界的。

　　这蜿蜒的山路从山脚到山顶虽只有 5 华里，但全由青石板铺就，当地人称"千级云梯"。虽然历经了岁月的沧桑，使得有些路段有了缺损，但大的格局和气势依然存在，让人们能够体味到其中所深藏着的种种意味。虽然一代又一代的沧山源人从这样一条石板路走向了过去，但它又与现在相连接，并由此让人看到它充满希望的未来。

走在山道上，眼前仿佛有一个个身影在晃动，其中最真切的要数一代经学大师吴承仕了。他小时候就是从这里走到昌溪上学，又从这里走向了京城；他就是通过对这条弯弯山路的领悟从而走向了人生和事业的辉煌。重走先人路，得到的启迪自然是很多很多的。

在不知不觉间走到了岭头，迎着阳光向昌溪村回望，只见整个昌溪古村像一只巨大的蝴蝶铺展在山水之间。原来这梯级山路正是回望昌溪全景的一个极好所在！

在村口碰到了两位晒太阳的老人，八九十岁了还耳聪目明，依然硬

通往燕窝山庄的古道

朗。老人告诉说，这个村是长寿村，平均寿命80岁以上。你一定对此很好奇，会问："是什么原因造成的呢?"回答说："这个村不但空气好，而且水质好，再加上经常在这'千级云梯'上上下下，锻炼了坚强的意志和体格。"这很有道理。

村口路边翁翁郁郁的，真可谓古木参天。走在古树下，阴阴的，好像走进了幽深的古代。

入村约有10米泥路，据说是有意不铺石板的，取的是燕不离泥之意。按照村落的造型，这里刚好是整个燕窝山庄的燕子的头颈部位。透过与此相连的一座亭阁，一只燕子形状的村落果真展现在眼前。村里人建房也都仿效燕子垒窝的特点，34幢明清住宅不但无一是开正门的，而且一律不用石质门檐石柱，全用细腻的砖砌砖雕。不得不惊叹于它的构想的美妙。而亭墙正中嵌有一块大理石碑，碑上刻着《吴孝子传》一文，碑文由朝议大夫云南曲靖知府、翰林院编修仪徵撰，乡贤大儒许承尧书写。

当你站到亭边高处，向村中瞭望，可以看到这里三面环山，正东为谷口，昌溪河及河东元宝山尽收眼底，真乃难得的风水宝地。

沿着石板小路向左拐进一小巷，吴承仕故居就真的出现在眼前。大门饰以砖雕门罩，一扇古旧的木门只用了一把旧锁带上。推门进去，厅堂

吴承仕就诞生在这间厢房里

的布局一下袒露在眼前。

进了门廊即为一方天井。左廊用隔扇拼装为厢房。天井边柱础为青石雕，房窗及柱头撑木为木雕。中厅后置楼梯间，楼上格局与楼下相同，

但后楼较高，中厅较为明亮。据介绍，吴承仕就出生于靠大门南边的小厢房内。由于好奇心的驱使，探头向里张望，但里面除了堆满了杂物外，就只剩黑黑的一片，多少让人有些失落感。斯人已去，且去得永远都不能回来了。其实吴承仕在家乡生活到24岁后才离家赴京，且在后来还先后两次回到过故乡，应该说他在家乡是留下了较多生活痕迹的。

环顾厅堂四周，眼前突然一亮：厅堂上方张贴着一幅吴承仕头像，像下有他的生平介绍，旁边还贴有毛泽东、周恩来等人所写的挽词。见了这些，心想这是哪位有心人出于对先贤的爱戴和尊敬，做了此番工作？看着吴承仕的头像，他正炯炯有神地看着这些专门前来探访的人们，是感到欣

吴承仕画像

慰，还是感到辛酸？置身其中的人忍不住向他轻轻呼唤：检斋先生，您可知道您光辉的一生对后人的重要影响吗？

您于1884年3月20日诞生在这个徽商家庭。5岁时即在村中私塾读书，受业于张建勋、汪沛仁这两位饱学秀才，在这里打下了坚实的国学基础。您18岁时，与父同应试，又同榜中秀才。19岁您又赴南京参加乡试，中试第39名。如今读着您百年前在考场上写的《汉文帝减租除税而物力充羡，武帝算舟车、榷盐铁、置均输，而财用不足论》、《中外刑律互有异同，自各口通商，日繁交涉，应如何参酌损益，妥定章程，令收

回治外法权策》、《人之言曰，为君难为臣不易，如知为君之难也，不几乎一言兴邦乎》的宏文，怎么能想象得出是出自一个山庄青年的手笔呢？难怪在江南乡试卷"本房总批"中有以下批语："议论崇闳，包罗富有。贯穿列朝典籍，如数家珍；抑扬往代文人，别开局镉。策则于环球形势，凿险缒幽；义则于圣学渊微，沉思厚力。非常英器，洵属斯人。揭晓后知家学渊源，务求性理，清芬歌颂，专尚仁施。故年未侪夫弱冠，名以列乎云梯。去岁拾芹，今秋攀桂。从此万里鹏搏，组织登科之计，一头鳌战辉煌及第之花。"您后来又于废除科举考试后的第二年参加了保和殿举贡会考。当时题目为经义、史论各一篇并加诗试，您以《商也不及，曰：然则师愈欤？》和《百姓昭明，协和万般》及《赋得"渡头轻雨洒寒梅"得寒字五言六韵》诗的答卷，在这次共取 367 人的考试中，您荣获第一等第一名，时称朝元，被钦点为大理院主事。您以自己的真才实学在科试路上一路凯歌高奏，被世人传为美谈，即使在今天也仍是如此。您的《赋得"渡头轻雨洒寒梅"得寒字五言六韵》诗格调清新，意境和美，不妨录之于后，以供今天的人们细加品赏，从而领略您杰出的创造才情：

> 野渡云低处，梅花□□残；
>
> 飘飘来细雨，洒洒醲轻寒；
>
> 映水斜疏干，和烟洗竹竿；
>
> 唤船嫌袖薄，索笑怯衣单；
>
> 余润枝垂重，闻香萼未乾；
>
> 罗浮清兴足，抱酒独盘桓。

您于民国元年改任司法部金事后，开始了对历代典章制度、三礼名物的系统涉猎和研究。对章太炎大闹总统府，痛斥袁世凯包藏祸心，窃取辛亥革命果实这种不畏奸佞、深入虎穴、敢作敢为的精神十分敬佩，您毅然多次前往囚禁之地探视，并从此受业于章太炎，成为他最为得意的三大门生之一，并集录章氏口述言论凡 167 则，后来印成了广为流传的《蓟汉微言》。您身为法官，却于幽囚之地与章太炎执弟子之礼，表现出了您的追求和品格。您后来离开了任职达 14 年之久的司法部，从此绝迹仕途，投身于教育事业，潜心研究国学，取得了很高成就。章太炎先生曾多次称道："及吾得辨声韵训诂者，其维检斋乎！"您先后撰写了《三礼》、《经籍旧音辨证》、《经学通论》、《经典释文序录疏证》、《经学受授废兴略谱》、《国故概要》、《周易提要》、《易义略钞》、《尚书三考》等著述 150 余种，奠定了作为一代经学大师的崇高地位。

您在走出山门业居京城后，经常惦挂着家乡。您曾先后两次回到自己深爱的家乡，但都与家乡的教育事业有关。第一次是在自己倡导和扶持创办的昌溪复兴小学举行开学典礼时，您于 1934 年 2 月专程返回故里祝贺。您挥笔书写贺联，撰写校歌，捐赠百科文库图书。第二次返乡是 1937 年冬至 1938 年春，您从天津回到家乡，组织复兴小学师生进行抗日宣传，把《一片爱国心》、《觉悟》、《复活》等进步作品提供给师生演出，并亲自连夜修改教师创作的意在讽刺汉奸的话剧，此剧演出后在全县产生轰动性影响。您还发动学生向社会各阶层人士募捐，购买"儿童号"飞机支援抗日，等等。就是在离开家乡的日子里，您在自己经济拮据的情况下，还考虑到家乡学校经费困难，便利用早晚时间亲书对联百幅，寄给昌溪小学变卖后充作办学经费。

您一生不断追求进步，从 1927 年 4 月 29 日闻知北洋军阀政府屠杀李大钊的反动暴行后，当即愤然辞去司法部金事一职。嗣后，开始接受马克思主义，跳出旧经学象牙塔，并用唯物史观教育学生，研究经学。您在"一二·九"运动后，义无反顾地走向革命道路，于 1936 年春光荣地加入了中国共产党，真正成了革命营垒中的一员。北京沦陷后您被敌人列入黑名单，后不幸病逝。您逝世后的次年延安各界召开大会悼念，毛泽东送了"老成凋谢"的挽词，周恩来送了"孤悬敌区，舍身成仁，不愧青年训导；重整国学，努力启蒙，足资后学楷模"的挽联，吴玉章送了"爱

吴承仕故居一角

祖国山河，爱民族文化，尤爱马列主义，学贯中西，善识优于昌水；受军阀压迫，受国事排挤，终受敌寇毒刃摧残，气吞倭虏，壮烈比诸文山"的挽幛。至此可以看出您当时在政治上的地位和影响。

面对您慈祥而又富于智慧的笑容，想到您的种种事迹，作为后来者的心里又哪里能够平静？

在故居里待了很长时间，整理了一番情绪后，才徐徐走出大门。当再回首看这房子的格局，是一幢建于清代的典型的徽派建筑，距今已有200多年的历史了。从总体上说，它与山下昌溪古村中的古民居相比，与徽州其他一些名人故居相比，谈不上有什么气派和独特，但就是陋室的话也还有它的价值呢，更何况它还是美轮美奂的徽派建筑呢！于此让人能够深悟刘禹锡《陋室铭》寓意的高妙了。忽然发现左边墙体，自上而下裂开一道三寸左右的缝隙，让人马上有了一种岌岌可危之感。名人故居虽为县重点文物保护单位，但也已经是实实在在的危房了，对此只有深深感叹。单从吴承仕的地位和影响来说，此一故居被列入省级文物保护单位当没有问题，又怎么能够是县级文物保护单位呢？又怎么能够让它成为危房呢？

带着这样令人困惑的问题走到了村子中央，眼前一下子展开了一幅壮阔的扇形画屏。

远望群山逶迤，青翠欲滴；近观古木参天，气象万千。整个山庄被包围在一派诗情画意中，怪不得在这小小的山庄能诞生人中之精英！眼前有古银杏树，有古樟树，看到眼前的山水树木构成的景象，再加上除了静谧还是静谧，真让人好像到了世外桃源。你会为吴承仕祖上当初选择此地作为家族生息繁衍之地产生强烈认同。这原来是明万历年间作为进士出身、曾为浙江钱塘教谕、闽清流教谕、县正堂的尧臣公之孙的学尹公率先相中了此一风水宝地，举家迁往居住、垦殖，才有了今日令人惊叹不已之古文明山庄！

吴承仕故居天井

　　沿石阶向下走去，在名叫"众家坦"的石磅中突然发现一个石砌的花瓶式框架，框架下是一个满蓄着清凌凌山泉的水塘。面对如此清冽的泉水，马上有了口渴的感觉，便向身边正在挑水的人要了水勺，舀了一勺放口喝了起来。没想到这山泉竟是如此地甜丝丝，又是如此地清凉凉。喝了这里的水，马上感到就像增添了智慧似的，吴承仕就是由于长期饮用了这里的山泉才考上朝元的吧？据说用这里的水做豆腐不仅数量多而且味道好。这是令人深信不疑的。不然的话，全村人均寿命为何是这样高呢？这个水塘里面的是饮水之塘，外面的是洗菜之塘，塘下又有一塘，那是洗刷杂物之塘。上、中、下三水塘全部用石头砌筑，形状非常美观。看到眼前景象，令人不知不觉地吟出同是徽州人的朱熹所写的《观书有感》诗句：

　　　　　半亩方塘一鉴开，
　　　　　天光云影共徘徊。

沧山源的水塘

　　　　　　问渠哪得清如许?

　　　　　　为有源头活水来。

　　吟着这样的诗句,对眼前的塘水之美有了更其充分而深邃的领略;眼观此一水塘,对朱熹诗作的意境之美也有了更深切也更亲切的把握。这正是一种虚实相生而带来的神韵之美。

　　这山庄人口百余人,但众志一心,山林资源保护堪称一流。这里高山环抱,有许多百年乃至千年古树,有竹园、桑园和果园,登村头坦可观瞻八方六路,甚至可远望黄山风景。而入村中则如燕子入窝般安逸自在。

　　用尽视力尽心扫描着这数十幢具有浓郁徽派特色的建筑,不禁感叹:所有的建筑材料都要从山下运来,即使是今天来完成这些也非易事,那要多大的经济实力啊! 更何况是在过去时代呢? 这其中有什么秘密呢?

　　原来这一古村不只是为我们贡献了一代经学大师,而且也为著名的

沧山源村景

徽商书写了浓墨重彩的一笔啊!

吴承仕太祖吴启琳,康熙末年受雇于郑村一举子为书童,并随举子赴京会考。他巧借举子银钱,将举子家的银钱买成茶叶带到北京销售,获利不小,后来便干脆在北京当起了茶商。

吴承仕曾祖父吴道隆,继承父业,在北京又开设了吴裕泰茶店,并设分店于天津。

吴承仕祖父吴景松继父业在京继续为商,将茶叶生意越做越大,终成著名茶商。

古 亭

吴承仕父亲吴恩绥,民国元年被公举为歙县第一任县长,但他厌恶官场恶习,不久辞官去京城继承店业,并キ持徽州会馆工作。

吴承仕有胞弟两人:吴承侃和吴承传。

吴承侃(1889—1960),名大敬,字希亮。京师政法学堂毕业,曾任南京国民政府最高法院推事,建国初任中央文史馆馆员。他布衣粗袜,俭朴博学,为官清廉,为后学楷模。

吴承传(1894—1974),名大润,字雪斋,号羽白。曾任国民政府军医署上校军医。能文善诗。著名书法家吴进贤曾写有《柬羽白宗台》诗,其中流露了浓郁的乡族之情,异常感人。不妨录之于后,以见其情:

同是延陵季子后,异地相逢不相识。

> 缅怀千灶万丁村，田干庠里承一脉。
> 山居岁月似桃源，沧山源与河坑隔。
> 归去来兮年复年，北国吴中同作客。
> 书香门第盖昌溪，论交已悔头颁白。
> 羡君枝圆精神健，宜齐彭聃李八百。

从上可知，吴承仕祖上是富甲一方的徽州茶商，占有非常重要的地位。昌溪至沧山源 5 华里千级阶梯的青石板路，沿途所建的两处路亭等，即是他们花重金修建的，在今天还在发挥重要作用。

当再次回到路口边的亭阁处向全村回望时，便有了一种恋恋不舍的情感。想到沧山源吴氏家族现在外任教授、高工及县处级干部的就有 50 多人，在心里也只有啧啧称赞了。此山中村落虽小，人文历史却如此厚重，只有懂得这种历史，才能真正懂得这一古村落，也才能真正懂得吴承仕。

沧山源的千级云梯又进入了视野，在脚下蜿蜒着。

古民居

七、吴茶周漆潘酱园

　　"吴茶周漆潘酱园",这是广泛流传于徽州的一句俗语,于此可看出吴、周、潘的事业在徽州的举足轻重的地位。而这里除了"潘酱园"另有所指外,"吴茶"、"周漆"指的就是昌溪人所从事的茶业和漆业。茶与漆为徽州著名特产,是徽州商人经营的主要项目,几乎遍布全国各大城市。从广泛流传的俗语中,就可以看出昌溪人在这两个行业的领先地位。昌溪人凭着吃苦耐劳、精明守信和公平竞争赢得了自己的成功,在一定意义上成了著名徽商的形象缩影。

　　"吴茶周漆潘酱园"中的"潘酱园",指的是歙县南乡大阜潘氏开设的酱园。酱业是歙籍商人经营的传统行业,遍及浙江,尤以苏州为集中地。在苏州,创设酱园最早的是大阜潘万成,至乾隆年间,设有总店、分店 6

家。清光绪三十一年（1905），歙人在苏州开的酱园达 63 家，主营豆酱、酱油、酱菜等，一般都兼营腐乳、黄酒、米醋、香干等，有的还兼营粮食。在此行业，以大阜潘氏开设的酱园影响最大，故有此称。它与昌溪的"吴茶"、"周漆"一起被人们所广泛称颂。

"吴 茶"：一道令人企羡的徽商风景线

昌溪"吴茶"现象的出现，首先与徽州经商的风气有关。

自古以来，由于徽州地处山区，人多地少，生活困窘，迫使生活其间的徽州人不得不考虑生计问题。而徽州人通过自己的摸索和实践终于领悟到只有走出山门，才能求得生存和发展。这在客观上使走出山门、寄命于商成了徽州人普遍的求生观念，以至经过时间和空间的历练而最终成为一种乡土风俗。"前世不修，生在徽州；十二三岁，往外一丢"的著

古民居

名民谣，就是徽州这种经商风气的形象注脚。徽州人把尚未真正成人的子弟提早放飞，虽然有些不合常情，虽然是不得已的，但与其在家苦熬，不如走出山门换个活法、争个前程的做法无疑是积极的，是一种不失开拓性的创举。

昌溪人也不例外。他们紧跟着徽商的发展步伐，积极投身到经商的队伍中，谋求自身的发展道路，从而确立了自己的地位。像昌溪二十二世吴永厚就在家庭经济困难的情况下，13岁即不得不弃儒业商于京城，并以自己的智慧赢得了成功，可以说他就是昌溪人从事商业活动的一个典型代表。

昌溪"吴茶"现象的出现，与徽州产茶及销茶的历史密切相关。

徽州由于地处山区，气候温润，雨水充沛，适宜种茶，在唐代时就已经成了著名的产茶区。由于种茶，也就客观上带来了茶业的发展。唐代诗人白居易《琵琶行》中就有"商人重利轻别离，前夜浮梁买茶去"的诗句，其中的浮梁就属于当时徽州祁门。于此可见在1000多年前的徽州就有了茶叶生产和销售了。虽然徽州商人从事的商业活动有盐业、茶业、典业和木业四大领域，范围极其广泛，但茶业毕竟是徽商的四大支柱之一。特别在歙县，茶业更是排在第二位的产业，即如许承尧《歙事闲谭》中说："歙之巨业，商盐而外，惟茶北达燕京，南极广粤，获利颇赡。"于此可见，歙县业茶者的脚步遍及中国的广大地区。在这样的背景下，昌溪人从事茶叶种植、生产和销售也就是很自然的了。

昌溪"吴茶"现象的出现，还与昌溪吴氏的家族历史有关。

一是由于祖上有从政曾遭遇重大挫折的经历，便使昌溪人自觉远离仕途发展而投身商海，利用本土产茶优势，便首先选择了经营茶业。

二是祖上经商有取得成功的经验，鼓舞了昌溪人的经商勇气。吴永厚在京师经商，与人相处讲究忠信，不拿世俗的一套交往劝勉，懂得天时人事之消长的规律。当货物过多，他人相互放弃时，则收购囤积，不久价格翻了几倍时，就以廉价销售，获得成倍的利润，可市场价格也得到平抑，使百姓得到好处。在用人上，只要是所赏识的人，给以重金经营，出入不问。有一个三次都折本而归的人来见他，他加以安抚和宽慰，又加倍给其资金让其经营，后来全部收回所折之资而获得超过本钱的利润，不到10年而使财富称雄于一方。

昌溪"吴茶"现象的出现，最终与昌溪人善于因地制宜地发展自己有关。

昌溪人深深懂得，要在商业上得到成功发展，就不能脱离家乡生产经济作物的实际，只有脚踏实地，才会有成功可言。昌溪人选择的就是一条"靠山吃山，靠水吃水"的因地制宜的发展道路，把业茶作为自己的首选，自然容易取得成功。

那么，昌溪"吴茶"是怎样一步一步发展壮大起来的呢？

构筑起"吴茶"大厦的强大力量的共有两支队伍，一支是吴炽甫及其远祖所形成的队伍，一支是吴承仕太祖以后所形成的队伍。

吴炽甫的远祖吴仕昭由于官场不顺，导致后人不再走入仕之途而转向商业发展，最先在北京经营茶叶、南北干货及日用百货，并利用其原来的社会关系，做砖茶销往蒙古，只是在太平天国战争期间遭受巨大损失。

吴炽甫父亲吴亦炜重整吴氏商务，继续从事所熟悉的京茶、边茶生意，后又渐成规模。

吴亦炜幼年家境清寒，为了生计不得不随族人贩茶于燕京，但规模很小，并且年年南来北往，备尝艰辛。但经数十年的艰辛努力，终于有了一定积蓄，于是在京都创立基业，到子侄辈开始得到很大发展。他嫡堂兄弟5人，除老二致力于武馆外，其余均投身商业，产业遍及北京、武汉、扬州、福建等地。他们先后在张家口设有吴德祥茶庄，在宣化设有吴德裕茶庄，在北京西单北大街设有吴恒瑞茶庄、吴祥瑞茶庄等等。

小巷

他有 5 个儿子，在分家析产时，单是留作祭礼用的基金就有 4000 银两和一爿店面。可见其经济实力雄厚。

吴炽甫（1847—1929），字世昌。在家中排行老大，无论在北京或是在家乡人们中都统称其为"炽甫老大"。这一方面是由于他在家中排行老大，另一方面是由于他在业内的地位，可谓声名赫赫。他精明能干，既能吃苦，又很节约。茶叶经营开始以零售为主，后开拓批发业务，进而精制加工，达到产销一体。他继承父辈的吴恒瑞茶店，增设吴星聚、吴兆祥茶庄，又在宣化府、天津设批发店，还在福建开办吴同德茶厂，专事加工、窨花，收购徽歙、福建等地内销毛茶，改制成花茶北运销售。其中在歙县琳村由"吴有号"、"泰昌发"等，收购黄山毛峰、竹铺大方、屯溪绿茶、休宁松萝、街口烘青发往南京及福建"同德"茶厂窨花，然后运至天津、营口茶庄批发销往北京、东北。由于货源相对稳定可靠，再加上在京有西单北大街"恒瑞""存瑞"，东四北大街有"星聚"，西四北大街有"源成"，菜市口大街有"德海"，地安门有"肇祥"，宣化有"德裕"，张家口有"德祥"等茶庄作为销售的固定基地，可谓收购、加工、窨制、批发、零售一条龙，网络齐全，分工明确，布局合理，具有很大的势力和规模，经营范围遍及皖、浙、苏、闽、赣、鄂、冀、辽、京、津诸省市，成为歙县最大的内销茶商，而吴炽甫也就自然成为歙县南门首富。

吴炽甫在茶叶经营取得重大成功后又审时度势，转向投资盐业。光绪末年他在扬州石牌楼创设盐号，先后聘清末秀才吴子兰、王建奇为管事，并由第三子吴公度负责。该号主要运销通属吕四、掘港等场食盐，转销江南各地，直至抗日战争开始才被迫停业。

吴炽甫是徽商中将商业资本投入企业的为数不多的茶商之一。清末，投资 10 万银两，在汉口开办牙刷厂和百货公司，并在汉口经营房地产，拥有福像里、太和里、松荫里三处房业，用于商业租赁，雇有 4 人经纪。民国初年，涉足盐业，投资 120 万银两，在扬州开办了协和、利通两爿盐行，经营淮盐。20世纪20年代，吴炽甫的总资产达千万元。据传仅在北京美国花旗银行的存款就有600万元。吴炽甫生有五子，次子早夭，据传吴炽甫给儿子分家析产时，四子各分得现金50万银元，店铺分户经营：长子吴金如经营吴肇祥茶庄，三子吴竹如经营汉口房业，四子吴福如经营吴祥瑞茶庄、吴源成茶庄、吴恒瑞茶庄。抗日战争期间，店铺多数倒闭，唯吴肇祥茶庄维持到建国以后，公私合营后转为集体企业。

吴炽甫为家乡公益事业也做出过贡献，曾捐4000银元重修昌溪石桥，常年资助昌溪复兴小学，在昌溪购地百亩，以其租息资助族中贫困子弟入学。

吴承仕太祖吴启琳，乾隆甲辰年生，兄弟7人以农为业，家境清贫。吴启琳在康熙末年曾受雇于郑村一举子为书童，随举子赴京会考时，随身带了一些茶叶，到北京住在位于菜市口的歙县会馆。吴启琳乘空闲时就在菜市口摆地摊卖茶叶，颇有赚头。当年举子会考落榜，举子是郑村富庶人家，留在歙县会馆苦读，等到下科再考，遣吴启琳回郑村取带银钱费用。吴启琳将举子家的银钱买成茶叶带到北京，借鸡生蛋而后成茶商。后经子孙发扬光大，至道光年间已成京城大富，在北京拥有店铺三家，南京、杭州、盛泽均有分店。

吴启琳长子、吴承仕曾祖吴道隆，字既堂，国学生，诰赠朝议大夫，在北京开设吴裕泰茶店，并设分店于天津，至今吴裕泰招牌仍沿用，被列为"中华老字号"。

吴道隆长子、吴承仕祖父吴景松，字鹤年，号卧云，候选同知，诰赠奉政大夫。继父业继续在京为商，又将茶叶生意扩展到江苏盛泽，在盛泽设有吴泰隆、吴仁泰、吴口泰三爿茶叶店。现北京前门大街珠市口的永安茶庄、骡马市大街的吴恒泰等均为其原产业。在永光寺、油坊胡同、狗尾巴胡同、头发胡同、甘井胡同、椿树下、石榴庄置有房屋百余间。

他们自身富了不忘扶贫济困，在京开粥厂免费供给穷人；办识字馆、义塾等善事。在家乡捐资劈山铺路，办义学、修池塘、济贫穷、建宗祠，为人分忧排讼。

昌溪茶商除了以上最重要的两支外，还有众多的茶商遍及各地，单在杭州一地昌溪茶商就很有影响。

据介绍，在杭州有茶店、茶行70余家，徽籍占多数，其中属昌溪的茶商就有9家。它们是位于古楼外的独资百年老店吴恒有茶叶店，经理吴连甫，店员30人；位于望江门的独资吴元大茶叶店，经理方祖寿，店员20人；位于清泰街的吴永大茶叶店，经理吴叙荣；位于中山中路的天丰茶叶店，经理吴双桂；位于湖墅卖渔桥的吴德大茶叶店，经理吴叙法；位于余信里的同和泰茶行，经理吴振芳；位于横余信里的同和协茶行，店员12人，经理吴叙荣；位于西湖边的天一茶叶店，经理周步丹；位于旧陈列馆的亨大茶叶店，经理周尔昌等。其经营形式或独资，或合资。

员公支祠

吴叙荣（1909—?），初做贩茶生意，往返徽杭沪间。1935年在杭州开设吴永大茶庄。1939年，与同里吴双桂合股开设同和协茶行。1951年为首组建杭州企新茶叶公司，吴叙荣任总经理，吴双桂任财务副总经理。入股者多为徽籍茶店（行），有同和协茶行、福茂茶行、协兴祥茶店、钜丰茶店、惠丰茶店、源丰祥茶行、恒森茶行、吴永大茶庄，以及行商王以源和方仁安等。同期，吴叙荣还和广东行商合股开办了协和茶厂，代中国茶叶公司加工外销茶。1953年，公私合营，企新茶叶公司和协和茶厂合并为杭州茶厂。曾任杭州茶业同业公会主任委员、杭州工商联执行委员。

在昌溪人中，还有从经营茶叶起步，后转向其他行业，同样得到了巨大发展的，像吴叶淇即是。

吴叶淇（1881—1952），号干臣。清光绪末年，他14岁离乡背井，跟随族人到江阴县，在叶东泰茶叶店当学徒。由于头脑灵活，做事勤快，深得店东喜爱。恰好老板膝下无子，只有两位女儿，长女已许配戴家，次女年龄又和吴叶淇相当，因之决定招赘为婿，并易名为吴干臣。1914年第一次世界大战开始后，洋布来源不畅，国产布又叫俏，加之江阴乃江南粮棉丰产之地，手工纺织业历来发达，吴干臣认为此时办织布厂是最佳时机，乃说服老板将茶叶店资金转轨投向创办缦云染织厂。草创时期因陋就简，租用新安会馆房屋作为厂房，连同善堂都租下，稍事粉刷修理作为车间，购来二三十台手工织布机，从小厂挖来一些工人，即行开张，后陆续添置配套设备，并招收苏北农村妇女为女工。经过10余年惨淡经营，辛勤积累，到上世纪30年代中期，已拥有动力织布机120台，发电机1台，织布、摇纱、浆染、机修等各种工人240人左右，当时无论在机台和产品产量上，在染织行业已名列前茅。为防假冒混淆产品注册商标为"天官赐福"，该厂生产的府绸、线哔叽、被单布在上海、杭州颇有名气，吴干臣也成为江阴工商界的名流。他在经营管理上很有一套办法，特别着重抓购销、抓产品质量、抓产品更新。每月厂里生产计划定好后交职员管理完成，自己则经常奔波京沪杭之间，联系业务。发现市场上新花色品种，就剪块布样，与新老客户洽谈订货，俟谈妥马上通知厂方突击赶织运送。1935 年上海条子府绸衬衫刚上市不久，缦云厂的产品就到了沪杭市场。为了扩大订货渠道，有的客户订的品种本厂没有，就绕个弯送别处加工，并在沪杭建立据点以便了解市场信息和联系业务。解放前夕他让其后辈抽走工厂大部分流动资金，转移海外从事棉纱经营和渔轮捕捞事业。

在"吴茶"中，还有因经营"屯绿"而名重一时的吴荣寿。

吴荣寿（1873—1934），字永柏，号俊德。11 岁到屯溪学做茶叶生意。传说吴荣寿在去屯溪的路中遇上大雨，又恰好路过一座破庙，于是走进破庙避雨。庙中有尊木菩萨，菩萨头上戴着一顶破斗笠。吴荣寿为了赶路，等不得雨停，而只有菩萨头上那一顶破斗笠可以救急。他就只好对菩萨不敬，向菩萨作了一个揖，许了一个愿："他日发财，为你修庙装金"，便戴起菩萨头上的破斗笠冒雨赶路。于此多少可以看出他的机智和果敢。

清中叶以后，徽州及毗邻地区出产的炒青绿茶，大都集中在屯溪精制、外销，于是被命名为"屯绿"。当时屯溪每到茶季，茶行、茶号林立，故有"未见屯溪面，十里闻茶香。踏进茶号门，神怡忘故乡"的民谣广为传播。

"屯绿"以叶绿、汤清、香醇、味厚构成"四绝"。"屯绿"加工工序非常精细，并且全靠手工操作。毛茶要经过蛤炒、风扇、分筛、簸选、拣剔等工序，才能做成"屯绿"的各花色品种。操作工的经验水平对屯绿的出茶率和质量具有非常重要影响。吴荣寿 11 岁进茶号，先在屯溪阳湖一户广东人开的茶号帮佣，从为师傅送茶、运茶学起，加上刻苦钻研，很快就精通了毛茶的鉴别和各道操作工艺。后因其老板回粤，将号屋、生财半卖半送给他，他才开始自营茶叶。但规模很小，属"小字辈"茶号。当时有个习俗，茶号招牌由茶行缮送，如茶号大门两边贴上"进昌茶号，大来茶行"，就表示进昌精制的茶由大来联系出售。可吴荣寿的茶号由于太小，无人缮送招牌。后来他在致祥钱庄程贡兰的支持下，才开始真正经营起自己的茶号。这一年为光绪二十七年（1901）。洋庄茶号取名为"吴怡和"，地点在屯溪阳湖外边溪。

吴荣寿独立经营茶号之后，非常重视技术和工艺改进，他重金聘请婺源制茶技术高手汪汉梁为洋庄总管，将婺、歙两地"屯绿"制作工艺技术结合起来，形成了自己的优势。他还对雇佣的工人亲自传授操作技术，并相对固定地雇佣他们。因此形成了一些约定俗成的做法，如父母使用的茶锅、拣板，可以传给其子女使用，称为子孙锅、子孙板，既保证了工人工作稳定无忧，又体现了商家延续有继。有《茶庄竹枝词》这样评说道："急明论暗肆咆哮，坐了编成莫混淆。还是旧年原板好，学他燕子各归巢。"由于吴荣寿经营茶叶注重质量，又讲求信誉，生意越做越大，洋庄越开越多，先后在屯溪阳湖开设了吴怡春、吴永源、华胜、公胜等18家洋庄茶号；每年雇佣工人多达1000余人；年加工销售"屯绿"两三万箱，占"屯绿"总产量的三分之一以上；巨大的规模使他成为徽州外销茶商中的巨擘，吴荣寿被理所当然地推举为休宁县商会首任会长。

当时厂家为了使"屯绿"茶色均匀有光泽，普遍使用兰靛、滑石粉和蜡脂等色料来调配。用这些色料来调配茶叶，不但有害人体健康，而且压抑了茶叶的天然色香味，是极不可取的。可商家还是利令智昏，依然故我。可是吴荣寿却带头减少或不使用色料，为最终革除使用附加色料这一陋习做出了积极贡献。

民国九年（1921），徽州六邑茶商组织成立徽州茶务总会，《徽州茶务总会章程》，以维持茶务、力图发展为宗旨。对于苛派勒索茶商，损害茶商利益的一切事件，有起诉争拒之权力。对于关乎茶务总会宗旨之事件，有负责维持、整顿、推广、发扬之义务。公推吴荣寿为首任总理，连任达 30 年，于此可见他在徽州茶叶界举足轻重的地位。

吴荣寿既做箱茶（屯绿各花色品种外包装皆用木箱，故称）运销，又做箱茶经纪。洋庄加工的箱茶要销售给茶行或经茶行中介，转售给上海茶栈，最后由茶栈与外商达成交易。茶行、茶栈都是中间商或中介商。茶行既代洋庄联系售茶，又代茶栈向洋庄发放茶银。茶行为了招揽生意，要巴结茶商才能做成交易，收取佣金。有《茶庄竹枝词》云："茶行事事瞎张罗，巴结茶商获利多。闻有几家新客到，一时都想吃天鹅。"

茶叶贸易受世界形势影响巨大。第一次世界大战期间，国际商贸受到战争影响，洋庄茶商大都裹足不前，茶叶无人收购，茶农在此情况下不得不伐茶种粮。由于吴荣寿在茶界有很高的声望，茶农纷纷把茶叶送到吴荣寿的洋庄赊账。民国七年（1919）春季，吴荣寿又赊购了一大批茶叶。同年秋天国际海运转畅，国外茶商纷纷来华运销茶叶占领几近告罄的茶叶市场。"屯绿"外销价格大幅攀升，特珍、抽芯珍眉售价达到每担 313 两银。因此，吴荣寿当年获纯利 10 余万银两。民国十六年（1927），吴荣寿收购加工"屯绿"2 万余担，自春至冬赶制。由于洋行操纵市场，百般压低茶价，吴荣寿不幸遭遇了茶叶市场价格暴跌的局面，造成当年 10 余万银两的惨重损失。民国十八年（1929），屯溪遭受朱老五火烧之灾，吴荣寿不仅街市上数十幢店屋被付之一炬，且阳湖住宅也遭焚毁，损失惨重。此后由于第二次世界大战爆发，国际茶叶贸易形势急转直下。吴荣寿在遭遇接连打击后，最终已经无力挽回局面，走上了一条一蹶不振的道路。

作为一代著名茶商的吴荣寿，一生热心公益事业，可谓乐善好施。他对助赈、助学、建桥修路等善举，均慷慨争先。宣统二年（1910），为首创办徽州乙种农业学堂，施教茶叶、蚕桑等农艺，是徽州职业教育先行者之一。民国三年（1914），歙南大旱，施捐 5000 银元买米到灾区平

吴承仕图书馆

枭。曾独力造石桥 4 座，修筑休宁和歙县昌溪石板路 2 条，并修建吴氏宗祠、支祠多处。曾与洪朗霄、孙烈五等组织屯溪公济局，施医、施药、施棺、育婴等。曾组织屯溪救火会，独资购置水龙用于灭火。创办崇文学堂，亲任校长，劝募常年经费。弥留之际，捐地 10 亩作为屯溪公园建筑用地。种种善举，为后人所津津乐道，建立起了一座活在人们心中的功德碑。

"吴茶"，就这样成了一道令人企羡的徽商风景线。

"周漆": 徽商的一块金字招牌

全国漆商首推徽帮，次为江西帮和湖北帮。歙县昌溪下村——周帮头的周友仲和周宗良为徽帮漆商之佼佼者。

周友仲（1874—1945），字允仪，又名孝侯。父与祖父均在浙江经营漆店。父亲周青晖，为工商界知名人士。清光绪年间，友仲年方少壮，以国子监中辍举业，改而从商。经在外亲戚介绍，在浙江绍兴攻习银行成本新法会计，期满后，协助父亲管理店务，同时还为从事棉纱经营和渔轮捕捞事业的外祖父吴鸿泉，协理在绍兴所设的"永泰"、"永大"、"德昌"等茶漆商店店务。由于友仲头脑敏捷，处世稳重，为人和善，两家商店全年销货逐增，颇具与外商竞争力，每年都委派他赴四川、陕西、湖北各生漆产地收货。友仲历年长途跋涉，不避艰辛，在事业上长于进取，久而久之，经验累硕，悉知各地漆类的不同性能及功用，很快成为识别漆货行家。友仲 40 岁时，其父及外祖父相继去世，但经营业务兴旺不衰，民国初在湖北老河口设"利生裕"漆庄，资金达 20 余万银元，除保证自销需求外，还批发供应沪、汉等地，同时还代其他客户看货收货。当时，老河口是漆的盛产地区，也是集中销售地。由于友仲经营有方，很快成为当地漆商四大庄之一。值此之后，他又在杭州、绍兴、临海、宁波等地添设门市部，如"恒升诚号"、"永泉汇号"、"同茂隆号"、"新泰泉"、"泰丰"、"长吉"等商店，一时名声大振。

1930 年，友仲曾投资上海万里漆油厂股份有限公司，兼在宁波经销该厂出品的"帆船牌"各色瓷漆。1933 年友仲慷慨解囊，赞助浙江省兴建天长公路。1937 年抗战爆发，上海、汉口沦陷，在鄂漆庄的大宗货物因交通阻滞无法运回，数年间耗失殆尽，生意萧条，遂返故里。后因资助民间帮会组织，涉嫌被捕，辗转监押于陶广总部党政处"奸伪所"。经家属及亲友再三陈白，并由许承尧等名贤说情，乃获准保释，但终因心情闷郁、年老体衰而病痢不支，1945 年农历三月十五日，卒于潭渡监外病所，终年 71 岁。

周宗良（1876—1957），字亮，又名忠良、阿良，祖籍歙县昌溪周邦头，1876 年生于浙江宁波。

青年时代，宗良在上海私人开设的进出口公司任职员，由于聪明活泼，办事利索，从而获得人缘。旋入德国受礼司洋行经销"行美溢"颜料，后任译员。后与人合资开纱厂，独资设"谦益顺"号经营颜料、糖、棉花、鱼酱、鱼胶等土产进出口贸易。1905 年赴上海入德国谦信洋行任职，深得大班轧罗门赏识，后任该行买办。1910 年之后，宗良推任为上海"谦信洋行"的业务主持人。该洋行是上海最早经营汽油灯批发销售业务的进口公司。宗良总管其业务时，因德商的信托缔约，将从德国进口的"狮马牌"颜料，统归周宗良独家经理，获推销的专利权。缔约实行之后，由于经理推销得当，达到主客两利，顿呈蒸蒸日上之势，名噪中外商界。1914 年第一次世界大战爆发，洋行撤回，轧罗门将残存颜料折赊归忠良。由于当时市场颜抖价格狂涨数十倍以至百倍以上，忠良因库存颜料数量多而成沪上富豪。1924 年，德商在沪成立德孚洋行，另 7 家洋行的颜料业务，悉归德孚洋行集中经营，忠良任德孚洋行总买办，成为德国颜料在华的总推销人。随销量增加，分号增至 200 多个，资金 400 万元，时

古民居

名声大噪，有"颜料大王"之称。1920年后，集资140万元与贝润生等改组谦信靛没公司为谦和靛油号，任副经理，实际负责全盘业务，在全国设17个销售处，数十个分号。1930年独资开设周忠良记颜料号。此外还经营金融业和房地产业，在汉口开既济水电公司、杭州电气公司、华南轮船公司、康元制罐厂、公和纺织厂、振华毛纺厂，还有独资的宗泰进出口行、镇东机器厂等，曾任浙江实业银行、中国垦业银行、中国银行和中央银行董事。1948年6月移居香港，大部分资金转移到瑞士、德国。

据在沪同乡长者回忆，周宗良与宋子文交谊颇深，自1927年至抗战前夕，两者均为实力雄厚的财界巨擘，双方交往理当甚密。周宗良在上海北京西路一带拥有大量房产，平素乘车外出，既穿保险马甲，又雇外籍精悍保镖，可谓威风赫赫。

周宗良在宁波府前街建有中西结合式大宅，早年由远房亲戚看管。抗战后，该屋被用作国民党宁波专员公署。1949年解放后，浙江省人民政府宁波专员公署设在此处。

宗良不忘祖籍，临终嘱后人回乡祭祀。1998 年其后人周裕农经香港回周帮头捐资 50 万元重修了周氏宗祠等。

综观周宗良商业上的成功，我们发现与他从事买办，并以此拉动发展很有关系。

买办原是鸦片战争前的叫法，指公行制度下经封建官府批准为外商服务的商人。鸦片战争后，实质上它已不受清政府支配，而直接成为外商的代理人。买办是由洋行选择的，它的标准是不仅要考察其语言、经营方面的经验和才能，还要衡量他在国内市场上的社交情况。成功的买办不仅要与内地华商建立一张密切的关系网，以便较快捷地采办、营销于内地市场，而且还要与官府势力保持良好的联络，以便在封建性仍然极强的国内经济各重要关节获得非经济的灵活性。由于洋行在近代城市经济中所占的首要地位，买办从一个服务性阶层上升为高于国内企业、上下左右都游刃有余的新贵阶层。他们背靠洋行，水涨船高地跟着外商积蓄财力，也借以提高自己的社会地位，并进一步拓展自己的关系网，从而得到更大发展。头办本身也成为新经济秩序中的佼佼者。

周宗良能先后担任买办和总买办，这确实与他个人的非凡才能密切相关。从此也可以看出他成为"颜料大王"，也体现了一定的必然性。

经过昌溪周氏的不断奋力打拼，"周漆"终于成了徽商中的一块金字招牌。

昌溪人经过自己的矢志不移和顽强拼搏，终于在茶业、漆业上脱颖而出，取得了令人瞩目的成功，受到了世人的广泛赞誉。那么，这其中有哪些成功经验值得我们记取呢？

经验之一，昌溪人善于因地制宜地策划自己，发展自己，在现实的基础上脚踏实地、一步一个脚印地去实现自己的价值和追求，从而使自己不断走向成功。所有成功的昌溪人身上都凝结着这一宝贵经验。

经验之二，昌溪人在取得成功后，在面对是一味固守还是适时发展，是维持现状还是做大做强的问题上，他们毫不犹豫地选择了后者，显示了昌溪人的随机应变、自强不息和勇往直前，具有强烈的开拓意识，从而反过来进一步强化了昌溪人在茶业和漆业中的独特地位。

经验之三，昌溪人在经商取得成功后并不是甘当守财奴，并不是一味过着奢侈的生活，而是不忘乡梓、不忘社会，积极投身公益事业，从而扩大了社会影响，赢得了良好赞誉，又反过来进一步促进了事业的蓬勃发展。

"吴茶周漆潘酱园"是徽商历史的一种形象写照，但不仅仅是历史的形象写照，它像永不消退的光芒一样依然照耀着新时代昌溪人续写新的灿烂篇章。单从昌溪今天仍拥有茶园 4940 亩、茶叶年产量 121 吨和茶叶精制厂 10 余家、年精制茶叶 160 余吨的生产能力看，仍是歙县重点茶区之一。昌溪依然拥有蓬勃发展的前景，依然展露出它的美好的笑靥，而所有这些能说与它过去所曾拥有的光环无关吗？

八、《集遗录》里显光辉

在昌溪吴氏家谱中收录了一部有关吴仕昭《集遗录》的诗文集，这无疑是家谱中的一个亮点。笔者为此颇激动了一番，并不惜费时将它们一一抄录下来，以作为赏析和珍藏。当然也从中进一步深切认识到了吴氏祖先的另一种光辉。

吴仕昭忠烈事迹前面已述，他为国家、为家族如此轻生重义，表现出的气概在当时朝廷上下产生了强烈震动，一些人不顾个人危险，撰写怀念文章。

《集遗录》收录的就是有关仕昭公生前与友人的吟唱之作，距今已有600多年的历史。这里不妨先将其收录经过作一简要勾勒，以见出它的来之不易和弥足珍贵。

不妨先从祁门的李义在嘉靖二年（1523）春天所写的《集遗录·序》

中来认识一番："是集也，秋官卿吴公之所遗也。公讳仕昭，生丁元之季世，博文好古，以山水图集自娱。别号清隐轩，名希濂，意者效茂叔之光风霁月，乐濂溪之乐，以终其志也。……当时贤大夫以诗鸣者，馨其德，题其轩，绘其图，一唱群和，吟咏性情，凡若干篇，脍炙人口，表而彰之，以示传之不朽。奈何世远人湮，家罹回禄，皆煨烬之，余十存一二，残编蠹笥，中视之为糊窗蔽隙，不甚顾惜也。正德辛巳，裔孙准，字本直者，亦能绳其祖武，适见潇湘之图于西山之牖，盖启其端也。由是广询博访，搜幽剔隐，复获希濂之卷、清隐之图于伯氏之家，不啻连城尺璧，如锡百朋也。然历年已久，多为风雨虫鼠之所毁伤，不免字迹磨灭，亥豕不辨，又就有道而正其缺略，模录成帙，袖以示予，……噫，吾子之用心亦可谓孝且诚矣。"

又从嗣孙吴准于嘉靖癸未仲秋所写的《希濂卷记》中可知："……而当时诸名公相与题其轩，咏其事，一唱群和，遂成巨卷。无如历年既

木雕

久，则颇残缺失次。余生也晚，未尝不为之太息也。噫，石鼓之文尚亦有缺，况兹非金石之质者耶夫？百世之下将欲深探作者之本意，即其子以求其情，即其情以求其道，于其道之所同者会而通之，则庶几也，讵可以文害辞、以辞害意哉？先世遗文必征诸其子孙，而残缺若此，可胜悼哉！于是劳心焦思，广询博访，求什一于千百，疑者阙之，存者订之，用绘厥图，以冠其上，并为之记以传焉。"

于此我们知道了此一《集遗录》能流传至今，实在是不容易的事情。

在《集遗录》里，留存有一首都御史汪尚临《题仕昭公像赞》的诗，诗曰：

> 昌溪溪水碧流长，闻道当年应宿郎。
>
> 云锁青山芳草遍，恩公开国奉明光。

此一诗作概写了仕昭公的时代背景、生活环境和人生经历，既简括疏荡又具诗情画意，令人喜爱。

通观《集遗录》主要有以下几方面内容：一是仕昭公题四景画诗及他人的应和之作；二是仕昭公题《潇湘图》诗及他人的应和之作；三是他人通过吟咏希濂轩赞美仕昭公之诗作；四是他人通过吟咏《昌溪清隐图》赞美仕昭公之诗作。总之，所有诗文全与仕昭公相关联。通过对《集遗录》的品读，可以从仕昭公身上看出昌溪人的独有品格和力量，可以从中领悟到昌溪人自古而今的价值观。

从仕昭公题《四景画》诗及他人的应和之作看其价值取向

在《集遗录》中，特别珍贵的是保存了仕昭公的八首题《春夏秋冬四景画》诗作和两首咏《潇湘图》诗作，让人十分惊喜！不但让我们能够领略他的诗作意境和情怀，而且可以见出其驾驭语言的艺术功力。

我们先来看仕昭公题《四景画》诗吧。

春

春来无地不繁华，水色山光满眼佳。

乌帽蹇驴何处去，杏花村里酒旗斜。

二

酒旗轻飏杏花风，远近山光翠黛浓。

载酒寻春联骑出，游人身在画图中。

夏

依山跨水结幽亭，杨柳风生清若水。

看弄渔舟移白日，不知人世有炎蒸。

二

溪光映翠浸山光，杨柳风清水阁凉。

坐看轻舟人举网，不闻渔唱起沧浪。

秋

老树青黄向老秋，溪江如练着扁舟。

水波不动风徐至，好问当年赤壁游。

二

叶脱高林秋意清，游人如在镜中行。

扁舟泛泛闲终日，云影天光浪不惊。

冬

瑞木花开触处飘，山林高下尽琼瑶。

茅草独坐诗多思，不待乘驴踏灞桥。

二

玉立群山插碧天，推窗吟望兴悠然。

定应懒作干人出，不驾山阴访戴船。

从这四组八首《四景画》题咏中，我们看到了他对《四景画》的无比喜爱之情，流露出对于艺术之美的由衷激赏。而所有这一切都在根本上源于对自然界一年四季的热爱，源于对人生和社会的热爱。于此我们看到了仕昭公的一颗爱美之心在激烈跳动。如此，才会对春天有"春来无地不繁华，水色山光满眼佳"和"载酒寻春联骑出，游人身在画图中"这样的诗句来描绘；才会对夏天有"溪光映翠浸山光，杨柳风清水阁凉"和"看弄渔舟移白日，不知人世有炎蒸"的吟叹；才会对秋天有"老树青黄向老秋，溪江如练着扁舟"和"叶脱高林秋意清，游人如在镜中行"的观照；才会对冬天有"瑞木花开触处飘，山林高下尽琼瑶"和"玉立群山插碧天，推窗吟望兴悠然"的体味。通过对这些诗句的体味，一个热爱人生、热爱自然、热爱艺术的形象鲜活地站立在我们眼前，令我们心生敬爱之情。

难怪一个叫潜溪的人在读了仕昭公的《题四景诗》后，也写了《续题四景》的诗以作应和。诗曰：

> 蹇驴双出觅春丛，潇洒风流两钜公。
> 踏遍软红何处去，杏花枝上酒旗风。

> 密柳薰风暑气除，白云流水傍闲居。
> 江村长夏堪消日，时有小舟来卖鱼。

> 黄泥坂下碧云浮，赤壁山前好放舟。
> 江山不尽闲风月，千年鹤梦两悠悠。

> 江山面面绝风尘，玉树瑶花处处春。
> 清兴满腔浑不俗，空斋独坐懒干人。

另一个叫鹤谷逋仙的人也写了《续题四景》的诗来作应和，诗曰：

> 午杏风和称丽春，翩翩两骑踏红尘。
> 主人定有金龟兴，一醉宁知宦海深。

昌溪河上小木桥

柳甸新飔送晚凉，凭虚草阁傍沧浪。
高闲听彻渔家傲，不道烟波弄小航。

古木萧萧挟晚霜，秋江漫漫涌微茫。
游人过却林皋下，美酒鲈鱼载小航。

罗浮梦觉苑堂白，万玉飞装小广寒。
清彻蒲团诗思活，煮茶细啮碧琅玕。

　　这两人的应和之作与仕昭公的诗作恰成映照，更让我们加深了对仕昭公的审美世界的理解。仕昭公的审美世界是纯洁、妩媚和灿烂的！

从仕昭公对《便面潇湘图》的吟咏及他人应和之作看其内在品格

　　在《集遗录》里我们看到还收集有两首仕昭公吟诵《便面潇湘图》

的诗作，细细吟诵，殊为可爱。

其一

细竹娟娟摇翠葆，遥山隐隐抹青蛾。

一团月影涵秋思，怪底凉风到面多。

其二

坡仙写竹称绝奇，胸中有竹千万枝。

老文气吞笢筲谷，为写此君真似之。

老蓥欲继二贤躅，清苦形容瘦如竹。

挥毫转腕生凉飔，参差万竿立苍玉。

高低远近烟生昏，仿佛虚籁先秋寒。

雨过蛟龙挂形影，月明凤凰翻羽翰。

我家此竹坡边住，一见此图心似醉。

拂云直干颇萧疎，傲雪真姿独憔悴。

题诗掷笔长嗟咨，前人手种非今时。

坡前新阴渐满地，岁寒节操宜坚持。

如果说第一首作品只是写出了特有意境的美妙的话，那么第二首作品在对潇湘图作了一定的吟咏之后，笔锋一转到"我家此竹坡边住，一见此图心似醉。拂云直干颇萧疎，傲雪真姿独憔悴。题诗掷笔长嗟咨，前人手种非今时。坡前新阴渐满地，岁寒节操宜坚持"，显得异常感人，特别是"岁寒节操宜坚持"一句，写出了对保守节操的自我劝勉，显得品格磊落，意志坚强，令人颇受鼓舞。在《集遗录》里，我们可以非常清楚地看到，仕昭公除了爱莲就是爱竹了。难道这是一种巧合吗？不！正是莲的清洁和竹的坚贞，构成了仕昭公的整个人格世界的骨骼。而这也正是他在后来的人生道路上能够即使献出生命也在所不惜的根本原因所在！为什么自古以来有那么多士子要咏竹、颂竹？他们是在以此砥砺自己的意志、节操和品格啊！

下面我们再来看看仕昭公的友人们是在怎样应和的吧！

在应和者中除了浙江渔者、东篱主人、梧冈、木菴、拙斋、张钧和方喜等人的作品外，还有以下这样一些友人不无充满深情地应和道：

江望次韵

湘云低压碧琅玕，湿翠濛濛拂袖寒。

昨夜月明洞箫歇，一窗秋思梦魂安。

子仪次韵

猗猗淇澳碧琅玕，日暮佳人倚袖寒。

雨过潇湘明月上，枝头昨夜凤栖安。

再咏

玉堂官纸白如银，写出潇湘一段真。

胜似捲廉秋水裏，万竿浓翠拂苍旻。

桥门生次韵

故人肄业在官庠，每忆家山绕翠篁。

何日归来耽隐趣，一竿和月钓沧浪。

东星次韵

几个筼筜倚北崖，清风元自掌中来。

从今自掩柴门看，未许王猷取次开。

罗江次韵

万顷碧琅玕，萧踈带雨寒。

家家比君子，处处报平安。

又

湘水映清波，春山展翠蛾。

万竿添景色，绝胜淇泉多。

直菴次韵

山拥青螺水涌波，江天翠色妙于蛾。

浑然一带潇湘景，妃泪篁斑两较多。

又

谁拈秃笔写琅玕，雨露风晴墨色寒。

多少古今题绝妙，撚髭欲和句难安。

汪强次韵

湘云漠漠凝寒水，水澄夜静孤龙语。

二妃幽怨不可招，苍筼泪湿斑斑雨。

九嶷山高空插天，日斜倒影开金莲。

翠华渺杳不复觌，至今犹忆南薰弦。

蓥斋昔作乘槎客，曾泛银河泝天阙。

归来惯识此叚奇，一握生绡写秋色。

才子次韵

生绡写出湘江水，月夜箫韶闻凤语。

皇英繁怨未可知，泪痕染竹多如雨。

澄清秋水碧连天，巫山十二拥翠莲。

生生妙趣不复见，世乏知音已断弦。

我今久作官游客，几度观光朝帝阙。

公余览此潇湘图，满目江山挹秋色。

双溪次韵

蓥斋笔底超凡俗，不作人间闲草木。

霜枝雪叶一万竿，斧斤不到森如束。

石 雕

初看月夜影当户，似觉风秋声满谷。

翠连千亩若云屯，黑入太隐疑雨沐。

昔闻老可墨君堂，满地婵娟皆此属。

三百余年寂不存，幸有吾翁近芳躅。

吴生求咏意有余，愧我形容才不足。

只恐春雷破蛰时，变化无容在淇澳。

在以上这些唱和之作中，只有少数几篇直接写到仕昭公本人，如桥门生的"故人肄业在宫庠，每忆家山绕翠篁。何日归来耽隐趣，一竿和月钓沧浪"和双溪的"吴生求咏意有余，愧我形容才不足"，其余多从画作意境本身来吟咏，虽不能直接看出他们对仕昭公的评价，但也可以看出他们对仕昭公审美趣味的认同以及相交甚厚的感情流露。

从他人对《昌溪清隐图》的吟咏看时人对仕昭公的影响和评价

对《昌溪清隐图》的所从来，嘉靖壬午年孟月来孙邦永在《清隐图记》中说："吾祖仕昭公丁元之季世，洁其身而晦于家，傲耽乎昌水之滨，与诸逸士相酬赠，情往而兴来，好事者为绘昌溪清隐之图，其一时林泉，风味高蹈，襟期致足乐矣。逮圣主崛兴，大召名儒，由是幡然而出。寻由郡庠趋登进士，擢授南京刑曹，其时之可行有如是，夫以时隐而隐，曰：不事王侯高尚其志；时显而显，曰：观国之光利用宾于王，是以隐不徒隐，与道俱隐，出不徒出，与道俱出。其出处之大概有合于古人之所云视接舆沮溺辈不侔矣，清隐讵足以尽公哉。永之遹公不克负荷之惧，为感慨系之不能已云，仅六仞而其图已散失不可考，存者有诗数章而已。"于此可知其所从来以及之所去之大概。

对《昌溪清隐图》的经历情况，裔孙吴准知之最详，因为是在他手上失而复得的。他在《续歌识清隐图本末》中作了具体叙说："清隐图历年既久，未免晦失，吾得之伯氏文翁，因续歌以识其本末。"歌曰：

伯翁来我岁庚辰，手携清隐云避名。
东园妙手本好事，十日始为留其真。
置之草屋乐丘阿，忽有访戴来相过。
壶天山水参差是，才士睥睨相吟哦。
自从殂落委尘垢，虫鼠蠹啮成断朽。
烟迷雾断尺幅中，谁复珍惜摩以手。
旧闻此图今见之，珠璧灿烂腾蛟螭。
毕方肆雪失纸本，真迹神物为呵持。
锦屏山水开新榭，未及此图多光价。
沉吟重惜意蹉跎，漫作狂歌声上下。

其事可歌，其情可感，不愧为仕昭公之后人也！而如今，此《昌溪清隐图》已不得见，早已不知流落何处矣！面对先人，我们只有汗颜！

围绕《昌溪清隐图》，仕昭公的诸多好友多有吟咏，解读这些作品，有利于我们懂得仕昭公的为人和情怀。

天台人淑东渔叟江灏有感于仕昭别号昌溪清隐、东园道人，为写《昌溪清隐图》，特歌以赠之。其《咏昌溪清隐图》曰：

> 昌溪古水清且涟，昌溪林壑清而妍。
>
> 吴生筑室据其会，水光山色罗堂前。
>
> 读书在泮凡几年，每忆清趣心涓涓。
>
> 不知登名列俊造，岂容投足栖林泉。
>
> 明年春贡当在贤，礼围校艺期争先。
>
> 文冠伦魁我所望，志同金石生宜坚。
>
> 丈夫事业须勉旃，功成名遂行言旋。
>
> 昌溪之清尚可隐，此时归作人中仙。

徽州岩镇溪北人东篱主人吕旭，字德昭，咏《昌溪清隐图》曰：

> 昌溪之水秀且清，笃生人杰因地灵。
>
> 吴郎世居此溪上，号以清逸逃其名。
>
> 吾闻大隐在朝市，用之则行舍之止。
>
> 莘野耕夫受商聘，渭川钓叟因周起。
>
> 二人名垂宇宙间，高风凛凛谁能攀。
>
> 吴郎读书郡庠里，安能晦迹居丘山。
>
> 同宗友人好事者，想像溪山为图写。
>
> 青山绿水绕幽居，红树白云围秀野。
>
> 吴郎岁贡登春闱，功名拾芥英妙时。
>
> 白首归来遂清隐，溪山出色他年期。

江宁人迢思老人施孟文咏《昌溪清隐图》曰：

> 吴郎家居昌溪东，昌溪之水流无穷。

> 春风三月涨红雨，桃花浪煖鱼化龙。
>
> 滩声潺潺石磊磊，平皋远浦寻兰茝。
>
> 明年折桂步蟾宫，直泛灵槎访瀛海。

槐塘人唐子仪，名文凤，号梧冈咏《昌溪清隐图》曰：

> 昌溪乔木固森森，莫为林泉负壮心。
>
> 系出丰南征世学，名驰泮壁辨鸮音。
>
> 辍耕不久藏莘叟，旱岁偏应望雨霖。
>
> 明日挂帆天上去，凤池春色映华簪。

从这些吟咏之作来看，具有一些共同特点，那就是：

首先，都对仕昭公的优美家居环境作了无一例外的赞美。如江灏的"昌溪古水清且涟，昌溪林壑清而妍。吴生筑室据其会，水光山色罗堂前"；吕旭的"青山绿水绕幽居，红树白云围秀野"；施孟文的"春风三月涨红雨，桃花浪煖鱼化龙。滩声潺潺石磊磊，平皋远浦寻兰茝"等，极尽赞美昌溪山水之美好。

其次，都对昭公过早地隐而不出表示了不同意见，并极尽劝勉之事。如江灏的"不知登名列俊造，岂容投足栖林泉"，"文冠伦魁我所望，志同金石生宜坚"，"丈夫事业须勉旃，功成名遂行言旋"；吕旭的"吴郎读书郡庠里，安能晦迹居丘山"，"吴郎岁贡登春闱，功名拾芥英妙时"；施孟文的"明年折桂步蟾宫，直泛灵槎访瀛海"；唐子仪的"辍耕不久藏莘叟，旱岁偏应望雨霖。明日挂帆天上去，凤池春色映华簪"等。

最后，这些吟咏之作也体现了对仕昭公的清隐之心的肯定，但认为要实现清隐当在功成名就之后，如江灏的"昌溪之清尚可隐，此时归作人中仙"，吕旭的"白首归来遂清隐，溪山出色他年期"等。

这种包含深情厚谊而又艺术化的劝勉，对仕昭公无疑是有重大影响作用的，因为他后来最终还是步入了仕途之路。当然，从他的不幸结局来说，还是以不出仕为好，因为他骨子里是一个刚直不阿的人。在这一

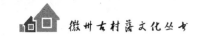

点上他自己是看得很清楚的。正因如此，他在早年即选择了清隐之路。但这种选择却被他的友人给否定了，终于使他走上了一条不幸之路。

从他人对"希濂轩"的吟咏和赞美看仕昭公的美好心志与追求

仕昭公爱莲，不但爱莲，而且以希濂名轩，表达自己的美好心志。

对于仕昭公的心志，当时的永嘉人陈民初理解得较为深透。他在所写的《希濂轩序》一文中说："士生天地，赋禀不同，好尚亦异，昔徽之爱竹，和靖爱梅，靖节爱菊，濂溪爱莲，岂徒然哉？亦各有趣也。吴公仕昭爱莲，以希濂名轩，惟其寓之之深，故好之之笃。诚以涟漪之莲为花之君子，目击净植之莲，宜思所以为君事，不然徒以娱其心目，不契其所归，安取其为希濂？希濂之人亦濂之徒也。以希濂自况，居是轩，读周子书，自堂而室，涵泳优游，光风霁月之蕴，而后则可以称希濂之名轩，而其乐则无涯矣。"

祁门的李义在嘉靖二年春天时节所写的《集遗录·序》中对此也作如是言：仕昭公"别号清隐，轩名希濂，意者效茂叔之光风霁月，乐濂溪之乐，以终其志也。"

嗣孙吴准于嘉靖癸未仲秋所写的《希濂卷记》一文中，对仕昭公的心志有如下体味："夫遁世以乐志也，托物以寓情也，公慕乎古人者也。故其心必曰：莲为花之君子，周子尝爱之矣，其爱之也，岂徒尔哉？盖取其净植之德耳。是故居是轩，读周子书，得其性命之蕴。"

以上对仕昭公心志的体味和理解不能不说是深切的。而以下诗作则从艺术的角度，对仕昭公的美好心志作了吟唱和揭示。

天台人江灏咏《希濂轩》诗曰：

　　　　花中堪比德，惟有水芙蓉。

　　　　周子昔曾爱，吴生今亦同。

寓情因托物，学古特追踪。

若用资观玩，非知太极翁。

又

亭亭外直又中通，清画幽香递远风。

吾子爱花花比德，高情定与古人同。

又

昌水高人迥不群，一轩偏把水云分。

清时自有金莲炬，无暇希濂作隐君。

同里之友人吴扩咏《希濂轩》诗曰：

亭亭君子花，讬根在淤泥。

淤泥讵能染，净植凌涟漪。

中通外自直，不妖也不枝。

香飘清且远，色腻红为姿。

所以春陵翁，寓意独嗜之。

我友家昌溪，芳敷盈前池。

玩之有深契，使以心旷夷。

求道固专志，希贤而为期。

于今整征旆，冽冽凉飚吹。

成均育才地，多士云集时。

但愿力陶镕，名德俱相宜。

江宁人施孟文咏《希濂轩》诗曰：

大隐昌溪远市尘，每将高志对先贤。

窗前生意宁除草，轩里幽情独爱莲。

又

白发林泉甘潦倒，黄尘岁月任推迁。

等闲悟得先天理，太极图经尚可传。

同郡紫阳人曹迁咏《希濂轩》诗曰：

> 水华出涟漪，托根果清绝。
>
> 淤泥相掘场，曾不污其洁。
>
> 由来质素美，是以不能涅。
>
> 譬之人处世，正己在风节。
>
> 虚灵苟不昧，纷拏讵干衮。
>
> 以莲喻君子，百卉何敢蹑。
>
> 吴君负长才，有志慕先哲。
>
> 所爱既殊俗，践履当勇决。
>
> 今兹赴京畿，壮志觊天阙。
>
> 入海观鱼龙，眼界益超越。
>
> 守道心不渝，功名比皋契。
>
> 伊洛渊源长，愿言步前辙。

休宁人程松咏《希濂轩》诗曰：

> 周子尝爱莲，所爱非徒尔。
>
> 后人看此花，因之慕周子。
>
> 吴生花满池，爱之良有以。
>
> 圣贤皆人为，造诣诚在己。
>
> 为山九仞高，一篑不可止。

东篱人吕旭咏《希濂轩》诗曰：

> 面面轩窗向水开，芙蕖万柄绕池栽。
>
> 光风入座香成阵，霁月穿帘锦作堆。
>
> 不染污泥清有德，每沾时雨净无埃。
>
> 古今独羡濂溪爱，喜子希濂好自培。

从这些吟诵《希濂轩》的诗作中，我们不难看到：士子对操守是何等看重，特别是对莲花般的"出淤泥而不染，濯清涟而不妖"的品格的推崇和看重。而仕昭公就是自觉向莲看齐的人，并以之自勉的人，不但如此，而且他在事实上已经成了这样的人。因此，才有人来吟唱他的雅室，才有人来赞叹他的为人。读着这样一些作品，又何尝只是一种精神的享受？它更是一种品格的砥砺和提升！让我们读《希濂轩》诗，做《希濂轩》人！希濂，是一代又一代人的崇高追求！

要问今天的我们读了《集遗录》后的感想如何？笔者倒更愿意用乾隆癸未冬月昌溪吴氏裔孙吴滋的《集遗录》读后记里的话来回答："读集遗清隐诸篇，乃知我昭公之德与公之所以发祥也。其一时酬赠往来，皆良师益友。有道君子之所言，岂吟风弄月为高哉？百代如闻其声矣。初此录秘于故家，后人多未及见，今谱刻之千秋万禩不磨矣。公有灵矣哉！"

今日笔者又有新的机会将《集遗录》中的诗篇公之于世，以为更多的人来品读和忆念，那更是：公有灵矣哉！公有灵矣哉！

石 雕

九、古歙南乡第一村

　　　　昌溪河水长又清，

　　　　历史悠久出名人。

　　　　诸多古建具特色，

　　　　无愧歙南第一村。

　　吟诵着如此高度赞美昌溪古村的优美诗句，一股豪迈和热爱之情油然而生。是的，昌溪的确是"无愧歙南第一村"的！

　　昌溪何以能见出是"古歙南乡第一村"呢？

　　昌溪建村历史悠久。昌溪古村曾发现有汉代文物，据此可以认定古村有 2000 年历史。宋孝宗淳熙二年（1175），吴氏七十七世孙一之公在昌溪太湖丘购地建坟，后其子自西溪南迁来昌溪定居。此后人丁繁衍，吴姓占了全村人口 90% 以上。加上周氏自第十四世祖周龙孙于元顺帝至正三年（1343），由大洲源周家村举家昌溪下村发展，使得昌溪的发展更

小 巷

添活力。昌溪从古至今，在各个历史时代都得到了很大发展。

昌溪古村人多地大。一是人口众多，有千灶万丁之称，不但有吴姓在这里发展，而且还有周姓在这里发展，显得一派兴旺。二是村落范围大，自明代始，昌溪就构筑了西自西静庵，东至"务本堂"的长达3公里的古建筑群体，并形成了前街后路的南北大道，村中有200多条巷弄蜿蜒其间。

昌溪徽商有口皆碑。在世所称颂的"吴茶周漆潘酱园"的俗语中，"吴茶"、"周漆"指的就是昌溪的茶商和漆商，其中吴炽甫有"歙县南门首富"之称，周氏有"中国颜料大王"之称。

昌溪古村人才辈出。在昌溪有一门父子双进士、5个举人、22个秀才等一系列科举传奇。据不完全统计，昌溪村元、明、清三代有进士、举人为文武官员的从七品到正二品就有百余人。周氏从明初永乐至清末光绪的400多年间，共出了4名进士、19名举人、23名贡元和74名秀才，共有县丞（从七品）以上官员77名。这在仅有70来户人家，人丁不满300的小村庄来说实属罕见，故周邦头素有"秀才村"之美称。光绪三十三年（1907）吴承仕在保和殿殿试中获一等第一名殊荣。在昌溪有著名的社会活动家、教育家、科学家、书画家、徽商和公益事业家等，可谓应有尽有。

昌溪古迹遗存繁多。有古祠堂、古牌坊、古庙、古民居、古街、古巷、古亭、古坟、古塘、古井、古村墙、古文物、古墨宝、古树等。如古民居现存201幢，其中有清代填河建房的"外路建筑群"、"九子巷建筑群"等，有三层古楼5幢，还有酒肆茶社式窗栏古楼1幢等。如古坟有宋代千年古坟一之公坟、大富公坟等。如古文物有600年前的宫廷象牙朝笏、苏绣龙袍，有珍奇动物的骨头床、玲珑剔透的象牙床等。古字画有宋徽宗于宣和二年（1120）在宫廷画像吴少微像上所书的御赞和加盖的御玺，有朱元璋、海瑞、康有为、李鸿章等题书的额匾，有马克思《资本论》中提到的唯一的中国人——理财家王茂荫为亲属撰写的寿幛12

幅等。整个昌溪村可谓古色古香，古趣盎然。

　　昌溪山水人所深爱。古有"沙墩垂钓"、"枫林夜读"、"二水环西"等"昌溪十景"，可谓美不胜收。对昌溪山水之美，古人诗句中多有吟咏和赞美，如岩镇溪北人吕旭在题仕昭公《昌溪清隐图》诗中即有"昌溪之水秀且清，笃生人杰因地灵"和"青山绿水绕幽居，红树白云围秀野"等诗句。又如天台人江灏在题诗中也极赞昌溪山水之美好：

> 昌溪古水清且涟，
> 昌溪林壑清而妍。
> 吴生筑室据其会，
> 水光山色罗堂前。

　　还有江宁人施孟文在题诗中也如此言：

> 春风三月涨红雨，
> 桃花浪煖鱼化龙。
> 滩声潺潺石磊磊，
> 平皋远浦寻兰苣。

　　即使在今人诗篇中也不乏对昌溪山水加以赞颂之作，如著名书法家吴进贤的《和吴羽白昌溪六景诗》：

> 奇峰突兀插高穹，
> 四望云山眼界空。
> 岭上人家多俊彦，
> 书声嘹亮绿杨中。

> 翻山越岭过昌溪，
> 一路花香芳草萋。
> 更喜月明桥上步，
> 偶来破寂夜莺啼。

山外有山形势奇，
一年好景雪纷披。
赏心乐事空追溯，
再上朱岗折一枝。

桃花红艳菜花黄，
丰稔西山名远扬。
地利天时人出力，
郊原一片好风光。

社庙门前晒谷场，
游鱼可数小池塘。
来来往往男和女，
难得偷闲农事忙。

石静尼姑无事忙，
遍栽花草散芬芳。
烧香信佛当年事，
菩萨无人话短长。

诗中对自己家乡山水之美一一写来，如数家珍，情真意切，让人读来备感亲切，对昌溪山水之美也倍加热爱。

细数以上种种，我们不得不为昌溪的特异而叫好！我们不得不说：昌溪拥有"古歙南乡第一村"这一美誉是当之无愧的！

在这里我们禁不住要问：昌溪为什么能够成为"古歙南乡第一村"呢？其中的原因究竟是什么呢？

古树

第一，是昌溪籍徽商的巨大成功奠定了昌溪发展强大的经济基础。徽商成功不但实实在在地改善了自身与家庭的生活条件，而且由于他们经常资助家族，资助家乡公益事业和投资家乡教育事业以及赈灾、助饷等，这就使家族和村落的各种条件大大改善，从而使整个家族和村落的整体发展水平得到提高。昌溪自古以来的徽商都非常热心家乡的公益事业，尤其是家乡教育事业的发展，昌溪古村世世代人人从中受益匪浅。昌溪由于有成功的徽商提供一定经济基础，这就为昌溪成为"古歙南乡第一村"奠定了经济条件，可以说是"商"推动着"儒"的发展。

第二，是昌溪人特别重视教育，培养了大量英才。正因昌溪人特别重视教育，培育了大量英才，这就在客观上一方面提高了昌溪人的整体综合素质，另一方面又把昌溪的面貌不断加以改写和发展。昌溪由于拥有大量人才，这就为昌溪成为"古歙南乡第一村"提供了人才保障。在这里可以说是"儒"提高了"商"的素质。

第三，是昌溪吴周二姓的和平相处和凝心聚力，共同推动了昌溪古村的繁荣和发展。在历史上，在现实中，不少村落都经常发生不同宗族之间由于利益冲突而出现争斗甚至械斗，闹得鸡犬不宁，以至反目成仇、老死不相往来，又哪来共存共荣？而昌溪吴姓和周姓历史上不曾有过此种情况，自古以来都是唇齿相依、相濡以沫、共同发展，这就使昌溪不但拥有了天时和地利，而且拥有了最大的人和，在客观上就为昌溪成为"古歙南乡第一村"创造了凝心聚力的人心力量，使"吴茶"、"周漆"们从一种醇厚儒雅的文化氛围中走出古村，走向广阔的世界。

以上"商"与"儒"的互补不仅仅体现在外在物质条件的支持，更在于精神深处的相融互渗，使昌溪这块土地上走出的徽商"儒"意深厚，而"儒"又具备"商"的敏锐头脑，于是——

昌溪，昌溪，正像你拥有的美好名字一样，昌盛的溪水不但使你拥有光辉灿烂的过去，而且她还将使你永远奔腾向前……

后　记

在本书脱稿时，还有一些话要说。

接受写这本书的任务十分偶然，当时是抱着试试看的态度。可是，过了不久就真的与出版社签定协议了。这就不免感到有些紧张。因为写这类书首先就需要拥有大量的资料，可我却没有半点资料可言。

其实，我的冲动来自于对家族的一种情结，因为我这个"吴"就是"昌溪吴"，而我又不曾去祖居地瞻仰过，自己便有些所谓"不肖子孙"的感觉。而现在刚好有这样一个机会，如果能把事情做成的话，也算是为祖宗做了一件事吧。

为了解决资料问题，也为了在写作时找些感觉，便首次踏上了昌溪的土地。好在我中学时期的校长吴观焰先生就是昌溪人，他担任着昌溪乡古村落保护委员会常务副主任一职，正在热心进行古村落的保护和开发工作。见面后，他不但专门陪同我游览古村，向我介绍有关情况，而且把他所有有关昌溪的文字资料和照片都给了我。特别是第二次到昌溪，他不顾 70 高龄，亲自陪同前往沧山源吴承仕故居参观。这一切令我非常感动。

从接受任务到完稿，历时将近 10 个月。期间由于课务在身，加上其他杂事，写作在断断续续中进行，只是到了暑期才有专门的时间坐下来。虽然占有了一些资料，但还是经常被资料所困，写时难免捉襟见肘。虽然如此，现在也终于画上句号了。

在这里我要感谢黄山学院教授何峰先生，是他邀我参加此套丛书的编写，让我有了为祖上做点事的机会；我要感谢我中学时期的老校长吴观焰先生，没有他的帮助和鼓励，我很难完成现在的工作；我要感谢原歙县县委副书记、现黄山市外贸局局长洪建华先生和歙县档案局的同志以及黄山市博物馆副馆长倪清华先生，他们为我查阅资料提供了不少方便；我还要感谢黄山市消防支队原政委李俊先生，他无私提供了有关昌溪的摄影作品；我还要感谢友人吴照龙先生，他放弃星期天休息时间，特意陪同前往昌溪并帮助拍摄了不少有用的照片；还要感谢吴元炽、吴观焰、周裕纯、叶青、吴崇武、徐玉根、吴亦明以及其他许多为宣传昌溪做了开拓性工作的人们，为后来者的前行铺平了道路；另外，本书写作过程中，参阅了《昌溪》（昌溪乡编）、《黄山市近现代人物》（黄山市地方志办公室编）和熊军主编的《徽商之源》、胡武林所著的《徽州茶经》，以及李俊、夏正文、朱芳、李采芹等人的相关文章，特此致谢；最后还要感谢合肥工业大学出版社为出版此套丛书所做出的不懈努力。

我自己所做的，无非是在他人的基础上添了几方砖、加了几片瓦而已。我相信大家的目标是共同的，那就是：让昌溪这只古村落的麻雀得到有效解剖，并以此揭开徽州古村落文化昌盛、商贾发达深层的神秘面纱，以此进一步探看和触摸徽州文化的精髓和脉搏。应该说"儒"和"商"相互濡染、相互促进，共同铸就徽州古文化的辉煌，这在徽州几乎每一个有影响的古村落都能体会和发现，可以说它们构成了古徽州"儒"和"商"的一处处精神家园；而在昌溪，尤其明显。

昌溪古村落是美的，徽州古村落是美的，徽州文化更是美的。

吴兆民

2005 年 8 月于自清轩